La nube

Menena Cottin

La nube

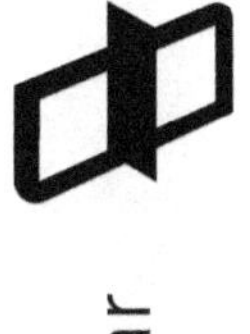

dahbar

1ª. Edición

© De la presente edición, Cyngular Asesoría 357, C.A. 2011
© Menena Cottin

Depósito legal: lf 19020153202611
ISBN: 9789807212106

Diseño de la tapa: Jaime Cruz
Corrección de las pruebas: Alberto Márquez
Impreso en Gráficas Lauki
Impreso en Venezuela
Printed in Venezuela

Yo te digo algo:
Uno nunca sabe para qué sirven las cosas,
pero las cosas sirven para todo.
A mí la actuación me ha servido para mucho.
Y me sigue sirviendo.
Lo más importante es convencer al público. ¿No es así?

Juan Ernesto Alonso Ruiz

Juan Ernesto

JUAN ERNESTO ALONSO RUIZ nació en Cuba, el 3 de octubre de 1965, en la finca de sus abuelos maternos, una hacienda de caña situada en la provincia de Villa Clara, en todo el centro de la isla, muy lejos del mar.

—Mi cultura es de campo, campo adentro, por eso no me gusta ni el pescado.

A los doce años, como era muy buen alumno, lo seleccionaron para asistir al Festival Mundial de la Juventud y los Estudiantes, un importante evento que reunía delegaciones de jóvenes de todos los países socialistas del mundo. Ese año por primera vez se celebraría en La Habana.

—Esa mañana me montaron en un autobús, me llevaron a La Habana, me hospedaron en un hotel, me pusieron una guayabera azul y me soltaron en plena rampa del Malecón. Yo recuerdo que subiendo por ahí, en medio del desfile inaugural, yo iba viendo aquellos edificios y aquel malecón, y dije: «Perdón, pero yo de aquí no me voy». Y me quedé.

En Cuba, a la hora de estudiar en la universidad, la opción de elegir no es tanta. Por un lado, exigen una cantidad determinada de puntos dependiendo de la carrera. Para medicina hay que tener más de noventa y cinco puntos. Pero además, existen planes de contingencia para fomentar las carreras que hacen falta en el momento.

—Por ejemplo: el gobierno decide que este año se necesitan maestros, entonces empiezan a presionar a los muchachos en todas las escuelas para que se metan al magisterio. En la época en que a mí me tocó escoger carrera, era la Medicina. Pero yo era un rebelde de mierda, y como me estaban obligando a estudiar Medicina, dije: «No me da la gana, no voy a estudiar Medicina…».

El papá de Juan Ernesto era militar, revolucionario comprometido, y trabajaba en la Seguridad como escolta del *Che*.

—Por eso a mí me pusieron Juan Ernesto. Mi papá, por supuesto, quería meterme en Los Camilitos, que era una escuela militar, pero yo lo que quería era ser acróbata del Circo Soviético. Claro, porque era el único circo que iba a Cuba. Si yo hubiera conocido el *Cirque du Soleil*, hubiera querido trabajar allí, pero en ese momento el soviético era el único que yo conocía, además, como venía del extranjero era interesante. Yo no quería ser nada nacional, eso lo tenía clarito. Me interesaba algo relacionado con el arte y terminé estudiando actuación en el Instituto Superior de Arte de La Habana.

Hasta que llegó un momento en que también La Habana le quedó chiquita…

—Y no es que yo fuera o no comunista. Yo fui un producto, un ratón del laboratorio de Fidel, es decir, yo era el resultado del experimento de la Revolución Cubana. Pero sabía que había algo más en el mundo, que yo tenía que salir de allí. ¿Y cuáles eran mis referencias? ¡Coño!, yo me había leído el *Sputnik*, las revistas rusas que llegaban a Cuba, y era ese el mundo que yo conocía: Checoslovaquia, Hungría, Alemania, la Unión Soviética, para allá era que yo quería ir, no para Estados Unidos. Yo no sabía nada de los Estados Unidos…

En el año 96, Juan Ernesto decidió que tenía que buscar trabajo en el extranjero. Averiguó que había un concurso para dar clases de teatro en la Universidad Central de Venezuela, aplicó y ganó. Se fue a Caracas con un contrato de seis meses.

—Si te digo que yo venía a este país a quedarme es mentira. Yo no venía con la idea de quedarme. Yo quería vivir en Cuba, pero con la posibilidad de poder entrar y salir. Me daba cuenta de que los que viajaban vivían mejor que el resto. Yo quería ser de los que viajaban, así que me vine a Venezuela porque pensaba que era importantísimo para mi currículum dar clases en una universidad extranjera, y para que cuando yo regresara a Cuba tuviera a mi favor el mérito de ser «internacionalista». Como daba clases en la Escuela de Arte, eso me iba a traer como consecuencia una mejora también en el sueldo. Nunca pensé quedarme en el extranjero. Hasta que llegué aquí y vi a Cuba desde afuera. Me dije: «¡Dios mío, he estado engañado treinta años de mi vida!». Entonces es cuando uno decide no volver, a pesar del miedo que da quedarse, porque dicen que nunca más vas a ver a tu familia y todas esas mentiras que de tanto, tanto oír, se te convierten en verdad.

La gente en Cuba habla muy mal de los que se quedan en el extranjero, los acusan de traidores a la patria. Juan Ernesto no quería que le pasara eso. Pensaba volver.

—Pero estando aquí, entendí algo muy significativo para mí, y es que en Venezuela no tienes que tener un título para trabajar, puedes inventar la cosa más loca del mundo y ese es tu trabajo. Entonces dije: «¡Yo no me voy para Cuba un coño!, ¡a donde me voy ahora mismo es al Consulado!», porque tampoco quería estar ilegal con Cuba.

Fue y pidió prórroga. Hizo como que la universidad lo iba a contratar por seis meses más. Y le creyeron, era un buen actor; le dieron la visa por dos años.

—Todavía me estoy preguntando por qué me dieron esa visa por dos años, porque eso no se lo daban a nadie.

Consiguió una prórroga tras otra, y luego de diez años, que es lo que pide la ley, se hizo venezolano. Aprovechó un referendo que iba a hacer Chávez. Había un plan especial de cedulación para nacionalizar a todos los extranjeros que tuvieran los requisitos; y él los tenía. Se fue al Poliedro de Caracas.

—Éramos cuatro amigos cubanos. Jorge, un médico que ahora está en los Estados Unidos, tenía un Honda rojo. Me acuerdo que le dije: «Nos vamos en tu carro, que es rojo». Y él me contestó: «Tienes razón». Luego dijo: «Tráete un saco, porque como es para la cédula, a lo mejor nos lo exigen». Yo me puse una camisa y un saco. Cuando llegamos al Poliedro, la cola era gigantesca, salía y le daba la vuelta. Jorge se hizo el loco y al volante de aquel carro rojo empezó: «Permiso… permiso… permiso…» y la Guardia Nacional nos abría paso: «Pasen… pasen… pasen…» Y así llegamos hasta el estacionamiento del Poliedro, donde un señor nos dijo: «Vengan por aquí». Nos bajamos del carro. Era una cosa muy graciosa porque estábamos los cuatro con saco y allí toda la gente estaba destartalada y tirada en el piso. El tipo nos llevaba: «Por aquí, por favor…». ¡Qué cosa tan extraña! Lo seguimos. Y cuando entramos, nos preguntó: «¿Ustedes traen los instrumentos?» «¿Qué instrumentos?» «¿Pero no son los músicos?» «¿Qué músicos?» ¡Nos habían confundido con unos músicos que estaban esperando! Entonces yo le dije: «¡Ah no, hombre!, pero tú ya no nos vas a sacar de aquí, ¿no es verdad?» El hombre se echó a reír: «Pero es que ustedes han venido vestidos y ahí no había nadie con saco, yo pensé que eran los músicos que estábamos esperando… A mí sí me llamó la atención que no traían ningún instrumento y pensé que venían atrás». Total, que nos dejaron allá adentro; enseguida nos mandaron a quitar los sacos y nos dieron unas franelas rojas. Nos pusimos las franelas para tomarnos la foto. ¡*Solavaya*! —pensé yo— esta cédula la botaré en breve y mandaré a hacer una nueva, porque ¿cómo voy a andar yo con una franela roja? Al fin, de allí salimos con la cédula en la mano. «Y cuando salga en Gaceta Oficial —dijo el hombre— puedes sacarte el pasaporte». Efectivamente, cuando salió, corrí y me hice el pasaporte. Y ya soy venezolano venezolano venezolano.

El fisioterapista

—Hola, Juan Ernesto. ¿Adivina qué?

—¿Qué?

—Voy a La Habana.

—¿A La Habana? ¿Y a qué, muchacha?

—Al matrimonio de Isadora, la hija de mi prima Liliana.

—¿Ella vive en Cuba?

—No, ellas viven en California, pero Isadora se enamoró de un cubano y van a casarse. Él vive en Estados Unidos y quiere celebrar el matrimonio en Cuba porque su mamá y su hermana están allá. Mi prima me pidió que la acompañara.

—¿Y Enrique quiere ir?

—Tanto como querer querer, no… pero dijo que me acompañaba.

—¿Cuándo es eso, antes o después de la excursión?

—Justo después.

—Entonces tengo suficiente tiempo de contarte historias y prepararte para tu viaje a Cuba.

—Juan, ¿tú crees que mi pie esté perfecto para el mes que viene? Todavía me duele algo.

—¡Claro, niña!, ¿y en manos de quién tú estás? Además, te va a acompañar tu terapista privado.

—¿En serio?, ¿vas a venir, Juan Ernesto?

—¡Que sí, que ya te lo dije!

—Bueno, si es así, dame el cheque porque tengo que pagarle a la agencia mañana.

—Oye, ¿qué tal si te cobras con las cuatro terapias que me deben Enrique y tú, y me dan crédito por las cuatro de la semana que viene? Con eso tengo para pagar el viaje, aunque voy a quedar arruinado...

—Está bien. No te quejes que es para Mérida y no para los Himalayas, y que vas a pagar en bolívares y no en dólares. Pero si lo pagamos nosotros, nos vas a quedar debiendo, porque Enrique ya tiene bien su rodilla y no creo que siga con la rehabilitación.

—Quién sabe, a lo mejor tu marido necesita alguna terapia en plena montaña.

—¡Ay, Juan Ernesto, tú eres una cosa seria! Está bien. Yo te lo pago y después nos arreglamos.

Enrique y María Elena

MARÍA ELENA ENTRÓ EN EL COMEDOR con la bolsa de cachitos de jamón y dos tazas de café caliente, pero no encontró dónde ponerlos porque toda la mesa estaba ocupada por un mapa desplegado que Enrique observaba con mucha atención.

—¿Y eso?

—Matías me lo acaba de mandar. Es la ruta de la excursión.

—¿Qué tal? —preguntó ella asomándose sobre el mapa.

—Bien, no se ve muy fuerte. Además, vamos a dormir en posadas con cuarto y baño.

—¡Qué lujo!

—¿Cómo sigue tu pie?

—Mucho mejor. Ya me faltan solamente dos terapias. Espero estar perfecta para la excursión. ¡Ah, por cierto!, cuando hables con Matías resérvale un cupo a Juan Ernesto.

—¿Viene con nosotros?

—Más vale que sí, porque vamos a pagar por él.

—¿Cómo?

—Tranquilo, me pidió que a cuenta de las terapias que le debemos, le paguemos nosotros su parte a Matías.

—Si va Juan Ernesto la caminata va a estar muy divertida.

—Verdad, aunque será indispensable llevarse el *ipod* para descansar de sus conversas porque no para de hablar.

—Dice Matías que esta excursión es muy bonita. Un buen lugar para celebrar mis cincuenta y ocho años.

—¡Ni lo digas! que me pones vieja a mí también.

—Bueno, Mari, siempre tendrás el consuelo de ser tres años menor que yo —Enrique se paró y la abrazó, posando ambas manos sobre las nalgas de María Elena—, además, quisieran las de treinta estar tan buenas como tú.

—Me lo voy a creer... —y le dio un beso.

—¡Pero si es verdad!

—Oye, el otro día le conté a Juan Ernesto que vamos a La Habana.

—Hmm... tema para varios días.

La excursión

MATÍAS ITURRIZA ERA AMIGO DE ENRIQUE desde que eran niños. Ambos pertenecían al Centro de Excursionistas del colegio. Antes, Enrique guiaba porque era diez años mayor; pero luego, Matías se convirtió en montañista y de vez en cuando organizaba estas caminatas para aficionados y amigos, entre los cuales con frecuencia estaban Enrique y María Elena. En esta oportunidad, el recorrido sería por los Andes venezolanos. Además de Juan Ernesto, se unían al grupo Natalia (alias *La China*) y su novio Jeremías, una pareja de jóvenes que visiblemente animados se estrenaban en esta disciplina.

El grupo se reunió en el aeropuerto de Barinas y de allí un par de rústicos los llevó a una pequeña posada situada al pie de la montaña. La señora Trina los recibió con una sonrisa, les dio a cada uno su toalla limpia y les enseñó el baño que estaba al final del corredor; mientras, su hija, arrastrando un niño abrazado a sus rodillas, se acercaba con una bandeja en la que se tambaleaban seis vasos de jugo de guayaba que milagrosamente llegaron salvos a las manos de los visitantes. Había dos habitaciones. Los hombres se acomodaron en una y la mujeres en la otra. Los niños de Trina animaron a Natalia y a María Elena a bajar con ellos al río para darse un baño, pero los hombres prefirieron quedarse y armaron una partida de dominó. Después de disfrutar la buena cena de la señora Trina, Matías describió los detalles de la excursión. Luego, todos se fueron a dormir.

Al día siguiente, los muleros que habían contratado para llevar el equipaje llegaron temprano, cargaron los animales y partieron adelante. Mientras, los seis excursionistas desayunaron, recogieron sus morrales y se despidieron de sus anfitriones. Salieron caminando del bonito jardín de la posada hacia un sendero dibujado sobre un pasto verde tan parejo y despejado que parecía un campo de golf. Adelante iba Matías, guiando la ruta y conversando con Enrique. Los seguían Natalia y Jeremías, quienes portaban sobre la espalda todos sus enseres. Consideraban una debilidad eso de mandar la carga con los muleros. Subían enérgicos, fascinados con la música, como si la energía les llegara a través de los audífonos. Cada uno iba en lo suyo. Él, pendiente del paisaje, tomaba fotos con una buena cámara. Ella, a cada rato revisaba el reloj de su muñeca, sacaba una libreta del bolsillo y escribía unas breves notas. María Elena, que venía más atrás con Juan Ernesto, estaba muy intrigada.

—¿Qué será lo que escribe esta chama?

—¿*La China*? Quién sabe, serán sus pulsaciones.

—La verdad es que ella es bien particular. Ésta es su primera excursión. Anoche en la posada, cuando íbamos a dormir, sacó un frasco de vinagre que llevaba en su morral y le echó a cada pata de su litera desde abajo hasta arriba. Me dijo que había leído en internet que a las culebras no les gustaba el olor del vinagre. Y yo me quejé: «¡Claro, cómo les va a gustar si huele horrible! ¡Y ahora tú dejaste todo el cuarto oliendo a vinagre!» Y me contestó: «Tampoco les gusta el olor a mierda, ¿qué prefieres?».

—En cambio, *El Profeta* Jeremías es puro autocontrol —dijo Juan Ernesto.

—¿Cómo es eso?

—Ese tipo se metió anoche en el baño y yo oía que cantaba feliz bajo la regadera. Luego, en mi turno, cuando me meto, ¡coño, ese agua estaba congelada! Ni en Cuba me había tocado bañarme con el agua tan fría. Por supuesto que salí maldiciendo. Y *El Profeta*, ya acostado en la litera, boca arriba como una momia con los brazos cruzados, me dice: «El frío es una debilidad que se domina con el poder mental. Buenas noches».

—Par de personajes…

—¿Cómo va tu pie?

—Mejor de lo que creía.

—Te lo dije, soy una maravilla.

Luego de unas seis horas llegaron a la segunda posada. Era la casa donde vivían los muleros. Vicente y Saúl llegaron primero y los esperaron en la entrada, junto a sus padres y tres hermanos, todos varones. La posada, con su patio central lleno de helechos colgantes y flores de todos los colores, tenía un solo cuarto con cuatro literas y sábanas limpias; el baño, separado de la casa, quedaba junto al corral de los animales. Por suerte, allí sí había agua caliente.

Después de una buena ducha, todos se reunieron a conversar en el patio para distraer el hambre, mientras el delicioso olor del cochino frito perfumaba toda la casa.

—Oye, Juan Ernesto —preguntó Enrique—, ¿nosotros necesitamos visa para viajar a Cuba?

—Sí. Pides una cita en el Consulado y allí te la dan el mismo día. Tienes que llevar el pasaporte, el pasaje y la reservación del hotel donde te vas a quedar.

—¿Ustedes van a viajar a Cuba? —preguntó Matías

—Sí, al matrimonio de mi sobrina que se casa con un cubano —explicó María Elena.

—¿Y cuándo es eso?

—Dentro de dos semanas.

Natalia, que escuchaba atenta, dijo:

—Yo no voy a Cuba ni que me paguen, no le pienso regalar ni un dólar a Fidel.

—En cambio yo me iría encantado a tomar fotos de los carros americanos, ¡uff! —apuntó Jeremías.

—Sí, esos carros son unas maravillas… —dijo Matías—. La verdad es que a mí también me gustaría ir. Debe ser bien interesante. Uno ha oído tantas historias, tantos cuentos… El año pasado yo acompañé a mis dos hijos a un intercolegial de béisbol en Bogotá. Allí conocí a Alex Reyes, que es el entrenador del colegio donde se jugaba el partido. Estuve conversando con él y con su esposa. Los dos son cubanos. Me contaron una historia increíble: él pertenecía al equipo nacional de Cuba. Hace varios años hubo una competencia en Venezuela y los cubanos vinieron a jugar. Era la primera vez que Alex viajaba. Aprovechó su oportunidad. Prepararon todo un plan: al llegar a Venezuela, él escapó y se fue a Colombia. Cuando llegó la noticia a Cuba, su esposa se hizo la sorprendida: «¿Que Alex se quedó? ¡No puede ser, no lo puedo creer!», y lloraba. Luego se divorciaron por poder. Entonces, Alex mandó a un amigo venezolano a Cuba para que hiciera como que se enamoraba de su exesposa, le propusiera matrimonio y se casaran para que ella pudiera salir del país. Había que hacerlo con mucho cuidado porque si en Cuba se daban cuenta de que esa boda era un arreglo, no le otorgarían el permiso y tendría que quedarse, además amonestada. Aquello les costó casi mil dólares, y eso que el amigo no les cobró. La exesposa y el nuevo novio se casaron. Ella hizo fiesta en su casa, se tomaron fotos para tener la prueba y después los recién casados se fueron a una playa, como si fuera de luna de miel…

—¿Y el marido tan tranquilo en Colombia? —preguntó Enrique.

—Sí, porque el amigo era *gay*.

—¡Ah…!

Todos rieron.

—Así que después de que se casaron —continuó Matías— tuvieron que llevar el certificado de matrimonio al Consulado venezolano en La Habana para que lo legalizaran. Allí les hicieron una entrevista a los dos, por separado, con las mismas preguntas para verificar si era verdad: que en dónde se conocieron, cuándo, cuál es el color favorito de ella, qué le gusta comer a él. De todo. Habían practicado mucho, pasaron la entrevista y les dieron el *ok*. Pero todavía faltaba que Cuba le diera a ella el permiso para salir. Al fin, se lo dieron. Ella se vino a Venezuela, se divorció del *gay* y después se fue a Colombia para volver a casarse con Alex, como habían planeado.

—¡Caray, hay que quererse demasiado para pasar por todo eso! —dijo Jeremías.

—O hay que ser cubano… —apuntó Juan Ernesto—. El cubano está acostumbrado a hacer toda clase de piruetas para sortearse la vida. Cada quien ha vivido mil historias y cada una es más insólita que la otra. Hace varios años, estando ya aquí en Venezuela, creo que fue en 2003, conocí a un médico de Barrio Adentro a quien le estaban cuestionando una indisciplina. Resulta que el hombre había ido para una fiesta en casa de una paciente sin decirles nada a los compañeros de la Misión, se rascó y se quedó hasta el día siguiente. Eso fue allá en Caracas, en Caricuao. Cuando se enteró de que lo iban a analizar, dijo: «¡Me voy!», porque con una falta grave, te mandan de vuelta a Cuba y te imponen todo tipo de sanciones. Así que llamó a su mejor amiga, también miembro de la Misión, y le dijo: «Mira, ve a mi cuarto, recoge algo de ropa, lo mínimo, un maletín nada más, y me esperas en la parada de autobús que ya yo no voy a regresar más. Me voy, no sé para dónde, pero me voy». Cuando llegó a la parada, ella lo estaba esperando con el maletín. Viene el autobús, él se despide, le da un abrazo y ella le dice: «Tranquilo, que yo también me voy». Él pregunta: «¿Y la ropa?», a lo que ella responde: «Yo no sé la tuya, porque ésta que está aquí dentro es la mía». Se escondieron en Parque Central, en casa de unos amigos cubanos, pero no sabían cómo salir del país, porque ellos no tienen un pasaporte como tal, sino un documento rojo que dice Misión Barrio Adentro, que solo les permite viajar de vuelta a Cuba. Alguien le dijo que yo sabía quién podía ayudarlos con los papeles y vino a verme. Yo le di los datos y supe después que él sacó su pasaporte y con la ayuda de sus familiares, logró irse a los Estados Unidos.

—¿Y la amiga? —preguntó *La China*.

—Ella no tenía familia allá que la ayudara a pagar los papeles, así que se puso a buscar por internet y encontró a un venezolano que vivía en Miami y estaba tratando de conseguir la residencia americana. Se pusieron a chatear. Él sabía que a los cubanos, cuando llegan a los Estados Unidos, los hacen ciudadanos americanos en apenas un año. Entonces le propuso pagarle los cinco mil dólares que costaba su salida por la vía México-Matamoros a cambio de que cuando llegara se casara con él. Ella aceptó la oferta y así logró tener su cédula y pasaporte venezolanos con nueva identidad.

—¿Y se casó en Miami con el venezolano? —preguntó María Elena.

—No. Decidió quedarse en Venezuela.

—¿Y el novio?

—Allá, supongo, esperando todavía a su futura esposa, de la cual ya no sabe ni siquiera el nombre —rio Juan Ernesto.

—Increíble, ¿no? —comentó Jeremías—. ¿Y eso de verdad pasa? Parecen cosas de novela…

—¡Claro que pasa! —dijo *La China* muy convencida—. Yo tengo una amiga que va al yoga conmigo, que se inyectó los glúteos, me dijo que se lo hizo con una cosmetóloga en un consultorio detrás del vivero de Las Mercedes. Pero le dijeron que en verdad ella no es ninguna cosmetóloga, sino una médica cubana. Trabaja allí solamente los sábados.

—¿En Las Mercedes, cerca del vivero? ¡Ah, claro, esa es mi prima! —dijo Juan Ernesto. Todos voltearon a esperar la explicación—. Pero ella ya no está aquí, se fue a Miami hace como dos semanas. Ese trabajo se lo conseguí yo, con una amiga mía que tenía un consultorio de estética. Le pagaba seiscientos bolívares por cada culo que inyectaba, ¡te podrás imaginar! A ella la Misión Barrio Adentro le pagaba setecientos bolívares mensuales y la vivienda, que era un cuarto en una casa de familia. —Juan Ernesto recordó la cara de angustia de su prima—. Pero ella estuvo haciendo implantes nada más que un mes, porque estaba aterrada, la estaban vigilando y si la descubrían, la mandaban de vuelta a Cuba. Un día se enteró de que había una página que se llamaba *barrioafuera.com*, que es de unos cubanos mayameros. Te metes en esa página y allí está todo lo que tienes que hacer para escapar. Entonces lo hizo, se presentó en la Embajada Americana con su pasaporte rojo de Barrio Adentro. Esa misma tarde le dieron la visa en la Embajada. Llamó a un tío en Miami y le dijo: «Tengo la visa». Él le compró un pasaje para el día siguiente a las seis de la mañana. Se montó en su avión y se fue. Dos días después me llamó desde Miami y me dijo: «Primo, ¿estás sentado?». Y me dio la noticia.

Todos quedaron en silencio, con sus cabezas llenas de preguntas. Solo Jeremías se atrevió a hablar.

—¿Y cómo le quedó? —preguntó.

—¿Cómo le quedó qué? —repicó Juan Ernesto.

—¿El culo a tu amiga, *China*? —completó Jeremías mirando a Natalia.

—¡Ah, fino, la verdad…! Estoy pensando hacérmelo yo.

En medio de las risas, Saúl se asomó al patio y anunció que la comida estaba lista.

La maestra

ERAN LAS NUEVE DE LA MAÑANA cuando dejaron la posada de los muleros, el sol se colaba entre la neblina y empezaba a calentar. Enseguida se internaron en la montaña. Luego de unos diez minutos, en lo alto de la loma pasaron frente a la única casa vecina. Una mujer y un pequeño niño los miraban desde el corredor.

—¡Vayan con Dios! —gritó la mujer. Saúl alzó el brazo y con su sombrero hizo un ademán a manera de respuesta—. Es la maestra —explicó.

Los caminantes voltearon a verla, pero ella ya había dado la espalda y entraba en la vivienda. El niño los miraba recostado de la baranda. La pequeña casa apenas se adivinaba en medio de la niebla. Por un momento la cara del niño se vio nítida. Miraba atento al grupo que pasaba.

—¡Qué soledad! —comentó Juan Ernesto.

Jeremías se detuvo a tomar unas fotos.

—Me impresiona la mirada de ese niño. Nos ve como si fuéramos algo interesantísimo —dijo.

—Es que aquí nunca pasa nada —dijo el mulero.

Un poco más adelante encontraron una capilla y una

escuela, ambas cerradas. A los lados y enfrente, varias casas abandonadas demarcaban el espacio de lo que había sido la plaza. En el centro, una gran cruz de piedra cubierta de musgo se mantenía como único testigo de otros tiempos.

—De aquí se fueron todos —explicó Saúl.

—¿Por qué?, ¿qué pasó?

—Hace tres años, uno de los muchachos bajó a Barinas a vender sus verduras y llegó todo alborotado con una franela roja, animando a los vecinos para que se fueran con él. Que si llevaba diez, les daban trabajo y comida. Primero se fueron tres. A los pocos días volvieron, también con las franelas rojas, y convencieron a los otros. Se fueron yendo poco a poco, primero los hombres y después las mujeres con sus hijos. Dijeron que allá abajo había una Misión, que les iban a dar colegio y comida gratis a los niños y a ellas iban a darles unos talleres y unos créditos de no sé qué.

—¿Y por qué la maestra no se fue? —preguntó Juan Ernesto.

—Es que ella llegó después con su hijo pequeño, cuando apenas se habían ido los del caserío.

—¿Entonces, a quién enseña la maestra? —preguntó María Elena.

—A su hijo… y a quien la requiera. Aquí hay muchas casas escondidas por los montes, y cuando la gente tiene algún problema viene en mula, o así sea caminando, a consultarle, a pedirle consejo a la maestra, porque ella sabe mucho, de todo. Es buena persona. Por aquí todos la respetan porque ella no cobra nada y cada quien le colabora con lo que puede.

—¿Y al caserío no volvió nadie? —preguntó María Elena.

—Nadien. Esas casas están igualitas como las dejaron, casi vacídas, porque sacaron todos sus corotos. De aquí bajaban esas pobres mulas cargaítas… Dejaron las puertas y las ventanas con candados y así mismo han permanecido, porque aquí somos respetuosos y nadien anda metiéndose en casa ajena.

En estas montañas, la única que se atreve a eso es la maleza. Quién sabe cómo estarán esas casas por dentro…, como una selva, porque aquí todo se nace y se llena de bichos…

Y era verdad, las casas estaban invadidas de matas trepadoras que se montaban sobre las paredes y llegaban al techo. Jeremías tomaba fotos de cada detalle: de las arañas con sus tejidos asombrosos, de los insectos que se escondían entre las rendijas de las ventanas y las mariposas adormecidas sobre las desteñidas paredes. De cada grieta surgían pequeñísimos helechos y flores desconocidas. Jeremías retrataba los candados colgando de las puertas descamadas, la gran cruz cubierta de musgo en el medio de la plaza. Retrataba la soledad de aquel caserío fantasma.

La familia

❦

LA CAMINATA CONTINUÓ ALTERNANDO subidas y bajadas entre una espesa selva tropical. A la sombra de inmensos árboles y rodeados de una exuberante vegetación cruzaron ríos y cascadas. Llevaban unas cinco horas de camino cuando pasaron tres casitas, las únicas que se habían tropezado en todo el día. Una media hora después, llegaron a la posada. Estaba rodeada de grama, flores de cayena y capachos. Un par de vacas deambulaban libremente por el pasto. Detrás de la casita había un corral con gallinas, cochinos y chivos. A un lado, unas siembras de verduras y varias matas de frutas. El anfitrión esperaba junto a su mujer en un corredor con cinco chinchorros de colores. Varios niños de todas las edades fueron llegando al ver a los visitantes. También llegó el perro. Los gatos ya estaban.

—¡Bienvenidos! —dijo el hombre—. Yo soy Eliseo, para servirles. Eligia, mi mujer, y estos niños son los hijos, en el orden como Dios los mandó: Marisita, Edgar, Albertina, Antonia, José, Agustín, Carmela, Rafael y Merceditas. Que Dios me los bendiga a todos... y a ustedes también.

—Y este es Guayoyo —dijo Agustín sobando al perro por el lomo.

Eliseo se rio y continuó.

—Y me disculpan que de diez hijos haigan solamente nueve, porque falta Milagritos, que como es muy inteligente, la mandamos a estudiar para Barinas.

Explicó que todos los niños ayudaban en la casa, cuidando las siembras y los animales.

—Y las niñas me colaboran con la comida y la ropa, o con lo que me sea menester —completó Eligia.

Tenían también tres mulas que les servían para ir al pueblo una vez a la semana.

—Porque siempre hay algo que vender o cambiarle a los vecinos, según lo que a uno le haga falta, si se tienen huevos de más y el compadre necesita, se los doy, y él me da lo que a él le sobre y a mí me falte. Claro, no todo se consigue y hay que ir al pueblo a comprar algunas cosas. Por eso estamos contentos de recibir aquí a los visitantes, que siempre nos dejan una ayudita.

—¿Y por aquí hay colegio? —preguntó *La China*.

—No, tristemente no hay ni colegio ni maestra. Por eso, cuando yo voy al pueblo con la mula, me llevo a dos o tres de los niños y los dejo por el camino donde la maestra Irene, para que manque sea reciban alguna enseñanza, y luego los recojo de regreso.

—Pero la maestra está muy lejos…

—Sí, pero no hay nadien más. Y gracias a Dios que llegó, porque ella es la que ha enseñado a los pequeños. Los mayores sí iban a la escuelita antes de que cerrara hacen tres años.

—Eligia, ¿y cómo haces cuando vas a parir? —le preguntó María Elena.

—Antes me llevaba Eliseo en la mula a San José y de ahí me llevaban al hospital de Barinas. ¡Ay, mire usté, pero eso si es feo, andar en mula tantas horas con esa barriga…! Con la última no llegué al hospital, me dieron los dolores por el camino y me atendió la maestra en su casa. Allí nació Mercedes, la más pequeña, que ya tiene dos años.

—¿Mercedes?, así se llama mi mamá —comenta Juan Ernesto—. Prepárese, doña Eligia, porque las Mercedes tienen un carácter...

—¡No, mijo! —sonrió—, aquí en esta casa todos los niños son fundamentosos y colaboran.

Jeremías intervino.

—No, Juan Ernesto, esas son las Mercedes de las ciudades. Aquí en la montaña todo el mundo vive de buen humor. La gente se conecta con la naturaleza, sin apremios, sin relojes, en un tiempo marcado por el sol, la luna y los gallos de la madrugada. ¿No es así señora Eligia? Oiga, ¿podré tomarle una foto allí preparando las arepas? Así, muy bien. Pero no voltee para acá, siga cocinando... ¡Perfecto! Y otra, si no le importa. Por aquí, frente a esta pared azul. Ajá, acomódese en el banco con los niños. Venga Eliseo, así con toda la familia... ¡Qué belleza!

La señora Eligia se fue al fogón a terminar de cocinar la comida y los niños se fueron detrás de ella. *La China*, por su parte, se instaló en un rincón del corredor para hacer sus ejercicios de yoga, mientras los otros prefirieron echarse en los chinchorros y disfrutar del atardecer.

A la hora de la cena, el grupo se sentó alrededor de una larga mesa a la luz de las velas, porque no había electricidad. Eligia trajo platos de espaguetis con salsa de tomate y vasos con guarapo de papelón. Mientras comían, Eliseo se apareció con un violín y Eligia, limpiándose las manos con su delantal, se acercó al grupo.

—Me dijo Matías que por aquí tenemos un cumpleañero esta noche —dijo Eliseo.

Todos voltearon a ver a Enrique, quien levantó la mano y asintió con la cabeza.

—¡Felicidades! —lo saludó Eliseo levantando su sombrero.

—¡Y que Dios le dé mucha salud! —completó Eligia.

Poco a poco fueron llegando los hijos con cuatros, maracas, tambores y rodearon la mesa. Eliseo apoyó el violín en su cuello y cada uno preparó su instrumento.

—¡Pues vamos a celebrar!

La música llenó la casa y los corazones de los seis visitantes, que sorprendidos, escuchaban el insólito concierto, mientras Jeremías se deleitaba detrás del lente de su cámara, inmortalizando aquel mágico momento.

Al páramo

☙❧

EL QUINTO DÍA ERA EL MÁS FUERTE. Ya Matías se les había advertido: tenían que descender, cruzar el río para pasar a la otra montaña y luego subir hasta el páramo. Apenas dejaron la posada, se adentraron de nuevo en la selva. El sol lograba colar algunos rayos entre las espesas copas de los árboles, creando una cámara de aire cálido y húmedo. A medida que bajaban, aumentaba el calor y se hacía más exuberante la vegetación. Al llegar al río, cruzaron el puente colgante y pararon a descansar. Tenían hambre y sed. El solo sonido del agua refrescaba el ambiente. Se repartieron cómodamente entre las enormes piedras y sacaron sus sándwiches para almorzar. El follaje era tan variado que parecía un jardín: palmas, calas, bromelias y orquídeas crecían salvajes bajo las copas de los árboles. Las hojas de los helechos se abrían como gigantescas sombrillas. *La China* miró la inmensa rama verde que la cubría.

—Me siento como un duende —dijo—. Jeremías, porfa, tómame una foto aquí. ¡Me encanta!

Luego de comer, Enrique recostó su cabeza en las piernas de María Elena y se tapó la cara con la gorra. Juan Ernesto registraba sus bolsillos buscando los bocadillos de guayaba.

—¿Quieres uno? —le ofreció a María Elena.

—Sí, gracias.

Saborearon sus conservas en silencio. Casi todos reposaban con los ojos cerrados y solo se escuchaba el correr del agua.

—Es bonito esto, se siente uno bien aquí —comentó Juan Ernesto.

María Elena no respondió, estaba lejos en sus pensamientos. Luego dijo:

—Anoche, en la posada, como a las cinco de la mañana, escuché una cosa increíble. Estaba la familia completa, reunida en el corredor rezando el rosario. ¿Tú no los oíste? Yo me asomé y los vi. Daban gracias a Dios por todo lo que tenían.

—Dos vacas, cuatro cochinos, siete gallinas y tres mulas. ¡Para diez hijos!

—¡Y yo quejándome de que el *gatorade* no estaba frío!, ¡qué fatal me siento, Juan...!

—No te sientas mal, Mari, son realidades diferentes. Cada quien vive según sus circunstancias.

—Tú puedes hablar con autoridad. Tu cuota de sacrificio la pagaste de por vida allá en Cuba.

—En Cuba...

—¿Qué te pasa? De repente te pusiste melancólico...

—Es que estoy pensando. Esta gente disfruta su modo de vivir, están contentos con lo poco que tienen y no sienten que les falta nada. Pero si quisieran, podrían cambiar de vida, buscar otras alternativas, probar, mudarse, cambiar de trabajo. En Cuba no. Esa es la diferencia. A lo mejor esta familia vive tan mal como la familia cubana; puede que incluso la de allá esté mejor porque tiene servicios médicos y escuelas, pero la de allá está presa, obligada, no tiene opciones, no tiene salida, no tiene poder de decisión. La sola posibilidad de saber que, si quisieras, podrías cambiar, te hace sentir libre, te convierte en responsable y dueño de tu destino. Estas familias de aquí son ricas en libertad. Eso es lo que agradecen a Dios.

Todos querían uno

COMENZARON EL ASCENSO. Después de siete horas la temperatura bajó y apareció el primer frailejón. Luego miles, con sus hojas peludas color plata y sus flores amarillas. La selva se había transformado en páramo. El paisaje era tan bello como misterioso. Una alfombra verde salpicada de flores moradas cubría las colinas y los riachuelos saltaban sobre piedras pintadas de musgos de todos los tonos imaginables. A esa hora de la tarde, el sol iluminaba los escasos árboles, cuyos troncos parecían cilindros retorcidos de cobre. Aquellos reflejos metálicos daban un toque surrealista al paisaje, que resaltaba aún más lo extraño del lugar. Desde lejos comenzó a divisarse un muro de piedras amontonadas en lo alto de la colina. Pronto se dieron cuenta de que de allí salía humo y entendieron que era una casa.

—¿Hay alguien allí? —preguntó Enrique.

—No —dijo el mulero—, ya se debe haber ido.

—¿Quién?

—El hombre que nos pasó temprano por el camino. Ya se fue porque su mula no está, así que podemos aprovechar el fuego que dejó para calentarnos la comida. Nosotros vamos a acampar allá, frente al corredor.

Al llegar al muro, le dieron la vuelta y se pararon frente a la casa. La fachada era perfectamente simétrica, con el techo a dos aguas cubierto de tejas teñidas de moho. La pared estaba construida con piedras dispuestas una sobre otra sin pegamento alguno, y servía de base a un triángulo de friso blanco en medio del cual había una gran ventana de vidrio con el marco de madera pintado de verde. Delante de aquella ventana, algo extraordinario llamaba poderosamente la atención: un desteñido *blue jean* colgaba inmóvil, como una imagen sagrada, crucificado sobre un par de troncos retorcidos. Todas las miradas quedaron atrapadas en aquella prenda desteñida, como buscando descubrir algún código escondido.

—¡Mi primer «pantalón de afuera»! —exclamó Juan Ernesto.

Los ojos buscaron al que había hecho tal aclamación, mientras Juan Ernesto mantenía su mirada fija en el sugerente elemento que colgaba delante de aquella ventana.

—En Cuba, como todos los niños, yo soñaba con un *jean*. Recuerdo perfectamente mi primer «pantalón de afuera», como le decíamos, fue un *blue jean* que le compré a unos rusos en la playa. Yo tenía dieciocho años. Fue como una operación de contrainteligencia comprar aquel pantalón. En ese entonces estaba empatado con una novia que se llamaba Reglita y nos íbamos a las fiestas los sábados. Pero yo no me podía vestir en mi casa con el *jean* y salir con aquel pantalón puesto, porque si la mujer del Comité me veía, podía reportar que yo estaba usando ropa extranjera. Eso no me convenía nada, porque a la hora de asignarte una carrera, ellos hacen una verificación personal en tu cuadra a ver qué tipo de ciudadano tú eres, y si no reúnes las condiciones, no te dejan estudiar lo que quieres sino que te asignan otra cosa. Por eso, todo el tiempo uno cuidaba su imagen en el vecindario. Recuerdo que me iba para casa de Reglita y allá, como no me conocían, me ponía el *blue jean* y me iba para la fiesta. Cuando regresábamos, la dejaba a ella, me quitaba el pantalón y llegaba a mi casa siempre con un bultico donde llevaba aquel *jean* que había sido de un ruso y, por cierto, me quedaba horrible, grandísimo, feísimo, pero para mí era lo máximo.

Sus compañeros reían, hacían bromas, todos evocaban sus *blue jeans*, cada quien contaba su propia historia. Pero Juan Ernesto no escuchaba, estaba en otro tiempo, en otro lugar, en otra compañía. Recordó lo contento que se sentía cuando paseaba orgulloso por la calles de La Habana luciendo su codiciada prenda y todos lo envidiaban. Recordó lo mucho que le angustiaba que algún militante lo reconociera, porque aquello de llevar un *jean* podía considerarse una ostentación o, peor aún, una desviación ideológica que podría causarle serias consecuencias. Revivió en su memoria la noche en que escapó junto a su novia de una fiesta y el primo Bebo les prestó su cuarto por una hora con la condición de que mientras usaban su cama, le dejara ponerse el *blue jean*. Recordó la risa de Reglita y la prisa con la que ella misma le había quitado el pantalón y se lo había tirado a Bebo por la ventana; evocó el momento cuando le soltó la trenza y desató el lazo que sostenía su breve vestido… y, sin apartar la mirada del pantalón, Juan Ernesto revivió cada minuto de la hora completa, se miró en los ojos color canela de su novia, sintió su olor, sus besos, su piel.

Almas y paredes

—Juan Ernesto, ven, da la vuelta —llamó Enrique—, por aquí está la entrada.

En la fachada principal, el muro de piedras se convertía en un corredor que antecedía a una pared blanca con extrañas incrustaciones. Piedras, raíces entorchadas, trozos de botellas y vasijas de barro sobresalían de la superficie como si se tratara de capas arqueológicas. Desde los aleros colgaban varias herraduras de caballo a diferentes alturas, formando bellos móviles que se agitaban con el viento. Más allá, suspendidas por hilos invisibles, utensilios y herramientas perdían su identidad para convertirse en interesantes esculturas. Sobre la pared blanca, salteando los espacios libres, se leía un grafiti: «Se agradece no dañar esta casa ni sus alrededores». Justo debajo, en el centro de la pared, una puerta verde estaba entreabierta.

Entraron. La estancia se iluminaba a través de dos grandes ventanas, la del *blue jean*, que se veía ahora arriba a la izquierda sobre el triángulo blanco, y otra idéntica, ubicada a manera de espejo, exactamente al frente, sobre otro triángulo también blanco. Algunos rayos de luz se colaban por huecos que para ese fin se habían dejado libres entre las piedras del muro.

El interior de la casa era un solo espacio sin paredes internas. Seis palos equidistantes soportaban un techo de caña amarga. A la izquierda se adivinaba la cocina: un mesón de cemento con una pequeña batea y una hornilla de leña. Al otro lado, en un rincón, la reliquia de una mesa y tres sillas parecía esperar a alguien. Enrique y Juan Ernesto seguían a María Elena de cerca, tan curiosos como ella ante lo que aquella casa les mostraba, y más aún, de lo que escondía. Sobre el mesón de cemento había pailas, platos y algunos cubiertos desordenados, una lámpara de querosén y una botella de aceite. Varias repisas de madera colgaban de las paredes con frascos de vidrio de muchos tamaños llenos de hierbas secas sin identificar.

—Miren este cartelito —dijo Enrique, y leyó: «Favor dejar todo ordenado como está».

—Óyeme tú, aquí como que se practica la santería… —comentó Juan Ernesto, e imitando a un *babalawo* agarró una tabla y un cucharón, y comenzó a tocar moviéndose al ritmo de extraños vocablos. María Elena se estremeció con la sensación de que aquella casa, aunque estuviera vacía, permanecía habitada.

Desde la esquina, la leña todavía encendida en la chimenea calentaba el ambiente. Vicente animaba el fuego, mientras Matías, *La China* y Jeremías se ocupaban junto a Saúl de bajar el equipaje y elegir un buen lugar para las carpas.

Juan Ernesto, Enrique y María Elena continuaban adentro, buscando todo lo que aquellas paredes pudieran contar. A mano derecha, detrás de la mesa y las sillas, había una cortina que daba a un baño con poceta, lavamanos y ducha. En el piso, una ponchera de peltre llena de trapos que en algún momento fueron blancos. De una esquina colgaba una tabla con restos de algodón, tijeras y una larga pinza.

Al fondo, una rústica escalera daba acceso al ático. Subieron. La tenue luz entraba por las paredes laterales a través de palos de caña dispuestos horizontalmente entre suelo y techo. Aquí tampoco había divisiones, era un solo ambiente. En el centro, un gran colchón descansaba sobre el piso de madera acompañado de una pequeña mesa de noche con otra lámpara de querosén y varias cajas de fósforos vacías. Más allá, una cuna hecha de ramas retorcidas colgaba del techo con unos mecates. Todo era muy raro. Y más raro aún lo que vieron enseguida: una mesa de dibujo profesional con la tapa algo inclinada. Junto a ella, el banco giratorio y un tobo de latón lleno de varios rollos de papel.

Se acercaron a la mesa con la intención de curiosear lo que había sobre ella. Todo estaba cubierto de polvo. Un gran pliego tapaba buena parte de la superficie: era el plano de una casa. María Elena lo levantó para mirar lo que había debajo. El título de un folleto le robó la mirada: *Guía para atender un parto en emergencia*. María Elena volteó y observó de nuevo la extraña cuna.

—Miren este recorte de prensa —dijo Juan Ernesto, y leyó: «Siembras de marihuana en el páramo». Aquí como que se practica algo más que santería…

—Aquí hay otro —dijo Enrique: «Disturbios en la ULA. Estudiantes de Arquitectura protestan por intervención de la policía en actos de la facultad».

Cerca de la mesa de dibujo, un estante lleno de libros forrados en papel marrón atrajo la atención de Juan Ernesto.

—Allá en Cuba forrábamos los libros así y leíamos clandestinamente. Yo tenía grandes obras de literatura escondidas. Nos reuníamos en alguna casa y hacíamos lecturas colectivas, yo leía, leía el otro, leía la otra, hasta terminar el libro. —Tomó uno del estante y lo abrió—. ¡Qué casualidad! *Antes que anochezca* de Reinaldo Arenas. Este libro me acuerdo que lo leí así, en un colectivo, porque había que entregarlo al día siguiente, y nos pasamos la noche entera leyendo aquel libraco hasta terminarlo. No había nada como reunirnos y poder hablar de temas que los demás no entendían. Vargas Llosa, Lezama Lima, Kundera. Era privilegio de los que leíamos.

—¿Es verdad que los libros están prohibidos?

—Al menos estaban, yo no sé ahora, yo creo que ya nadie lee. Pero en aquel momento, uno forraba el libro para esconderlo. Hacíamos una cola entre todos los compañeros y tú tenías que leerte el libro en dos días, no podías pasarte de ahí porque había que entregarlo al próximo de la lista. Llegaba un momento en que tú no sabías de quién era el libro, ya se perdía el dueño original. Había un interés enorme por todo lo prohibido, por eso leíamos tanto, estudiábamos tanto, era lo mismo un libro que una revista, con tal de que viniera del extranjero. Teníamos que escondernos hasta para oír a Julio Iglesias y a Roberto Carlos porque nos lo tenían prohibido, ¡semejantes bolsas! Era un descaro, cada vez que tú veías un libro forrado, ya sabías que estaba prohibido. Era lo más estúpido del mundo… —sonrió—. Eso lo volví a ver aquí en Venezuela con los borrachitos, que andan los fines de semana con una bolsita de papel marrón y que con un refresco adentro… Y yo dije: «¡Mira, igualito que en Cuba!».

Volvieron a poner todo en su lugar, como ordenaba el grafiti de la pared, Enrique acomodaba los recortes de periódico cuando reparó en un sobre de papel del que se asomaban algunas fotos. No pudo contener su curiosidad y vació el sobre arriba de la mesa.

—¡No puede ser!

—¿No puede ser qué?

—¡Mira quién está en esta foto!

—¿Carlos Eduardo? —soltó María Elena impactada.

—A ver, ¿quién es ese Carlos Eduardo? —preguntó Juan Ernesto.

—Un amigo mío del colegio. Estudiamos juntos en el San Ignacio, hasta que sus padres lo mandaron a estudiar fuera. Éramos muy amigos, pero después que regresó de Suiza no nos vimos mucho. Solo unas cuantas veces cuando comenzó a salir con Liliana —dijo Enrique.

—Sí —dijo María Elena—, él estaba empezando a estudiar Arquitectura cuando se empataron. Juan Ernesto, ¿te acuerdas que te hablé de mi prima Liliana? Bueno, Carlos Eduardo es el que se casó con ella.

—Entonces ese es el papá de la niña que se va a casar en Cuba…

—Exactamente.

—¿Y qué hace aquí?

La pregunta quedó en el aire sin respuesta. Los tres se instalaron a curiosear las fotos. Una de ellas cayó al piso y Juan Ernesto la recogió, pero no la devolvió a su lugar, la guardó en su bolsillo. Ahora observaban cada retrato con atención. Todas las fotos habían sido tomadas en ese lugar, se veía la casita y parte del paisaje del páramo. Carlos Eduardo solo salía en una, sonriendo a la cámara. A pesar de los años, estaba perfectamente reconocible.

—Todavía está buenmozo —dijo María Elena—, las canas le quedan bien. Este hombre era un atraco, las chamas morían por él. Yo no. Era demasiado loco.

En la mayoría de las fotos salía una chica muy joven, bonita, de pelo negro y liso, menuda pero con una evidente barriga. En dos de ellas aparecía otra mujer que no mostraba su cara; en una estaba de espaldas; en la otra, las dos se abrazaban, pero la melena de la chica tapaba la cara de la mujer.

Todo en aquella casa resultaba extraño. Daba la sensación de que estaba viva. En cada rincón había un elemento que escondía alguna intriga: las incrustaciones en las paredes, los móviles de hierro, los grafitis, muebles fabricados con ramas retorcidas, la escalera, las ventanas adornadas con vitrales de mosaico hechos a partir de trozos de botellas, la misteriosa cuna colgante... Y por si fuera poco, las fotos.

Bajaron en silencio, absortos en sus propios pensamientos. Matías descansaba en la hamaca.

Enrique quería saber más de aquel lugar.

—Vamos a dar una vuelta. ¿Vienes, Matías?

Matías se levantó y se unió al grupo. Los cuatro salieron. Caminaron hasta el riachuelo que proveía de agua a la casa. Observaron la manguera negra que salía del río, se montaba sobre un largo muro de piedras y corría dentro de una especie de túnel formado por botellas vacías de cerveza que clavadas boca abajo en la parte superior del muro protegían la manguera.

—¡Qué cosa tan extraña! —dijo Juan Ernesto.

—¡Y bonita...! —agregó María Elena.

—Es para que los animales no muerdan la manguera —explicó Matías.

—Interesante pero extraño —dijo Enrique—, como todo aquí.

Tomaron agua, llenaron sus botellas y regresaron. Afuera, frente a la casa, Vicente instalaba las carpas con la ayuda de Jeremías y Natalia. Matías se fue con ellos.

Saúl se dirigía a la cocina para preparar la cena.

—¿Tendrás un cafecito? —le preguntó Enrique.

—Lo monto ahorita mismo.

Enrique, María Elena y Juan Ernesto siguieron a Saúl y se instalaron en las tres sillas junto a la mesa. En silencio miraban alrededor aquellas paredes llenas de historias que cada uno trataba de adivinar.

El aroma del café se hizo presente y Saúl repartió los pocillos de peltre.

—Saúl, ¿de quién es esta casa? —preguntó Enrique.
—Del arquitecto —respondió.
Enrique y María Elena se miraron sorprendidos.
—Carlos Eduardo Sosa Benedetti —musitó Enrique.

Carlos Eduardo

CARLOS EDUARDO SOSA BENEDETTI nació en Caracas, en 1951. Siendo el único hijo de un matrimonio de la alta sociedad, el niño disfrutaba los privilegios de una holgada posición económica, pero sufría los rigores que le imponía el estatus que sus padres cuidaban con excesivo celo. Intentaron darle una buena educación. Estudió preescolar y primaria en el Colegio San Ignacio de Loyola y durante cinco veranos consecutivos asistió a campamentos en los Estados Unidos y Canadá. Era un niño muy popular entre sus compañeros por sus locas ocurrencias, que muchas veces terminaban en conflictos con las autoridades del plantel o de los campamentos. Cada vez que se presentaba una de estas situaciones, sus amigos lo dejaban a cargo de resolverla porque era evidente que tenía el don de la persuasión.

Comenzando el bachillerato, Carlos Eduardo tuvo graves tropiezos en algunas materias de estudio; por un lado le interesaban mucho el arte y las humanidades, pero no se le daban las ciencias y menos aún la religión. Sin ningún reparo en demostrarlo, se sentía atraído por todas aquellas ideas que hablaran de liberación. Los curas lo tenían en la mira, lo vigilaban y le imponían sanciones de todo tipo, mientras él reaccionaba defendiendo sus puntos con ferocidad. Hartos de recibir quejas de la dirección, sus padres, sin siquiera escuchar argumentos, lo amenazaban con mandarlo a un internado, pero solo lograron atornillarlo aún más a su causa. El único que lo escuchaba era el abuelo Benedetti, que aunque no compartía sus ideas, comprendía sus inquietudes. Buscando un escape a la tensión familiar, Carlos Eduardo comenzó a reunirse con un grupo de amigos fuera del colegio, algunos de ellos «patoteros» entre los que circulaba libremente la marihuana y el LSD, y que andaban en sus poderosas motos rodando por las noches de Caracas.

Pronto, los problemas de conducta se salieron del recinto escolar y una madrugada los padres tuvieron que ir a buscar a su hijo a la policía. Esta vez, hasta el abuelo Benedetti estuvo de acuerdo: había que sacar al muchacho de aquel ambiente. Lo mandaron interno a un instituto de gran reputación en Suiza, donde estudió los dos últimos años de bachillerato. El tiempo y la distancia dieron a los padres de Carlos Eduardo la tranquilidad que buscaban y a él, la libertad de probar y hacer lo que quería con quien quisiera y sin que nadie lo vigilara.

Su estadía en Europa despertó en el muchacho un interés muy particular por el arte universal y su conexión con la historia y el entorno político. De vuelta en Caracas, se inscribió en la Escuela de Arquitectura de la Universidad Central de Venezuela, donde sus inquietudes sociales y políticas pronto encontraron cauce en el bien abonado terreno universitario, y no tardaron mucho en presentarse las primeras consecuencias. Varias veces sus estudios se vieron interrumpidos debido a los problemas en que se metía Carlos Eduardo. Comprometido con los estudiantes de izquierda, cuestionaba permanentemente el estilo de vida de sus padres y de la sociedad caraqueña de entonces. Sus amigos lo llamaban *Robespierre* porque era revolucionario y hablaba francés.

Carlos Eduardo era un gran seductor. No solo era bien parecido sino simpatiquísimo, a todos caía bien y sabía cómo manipular los sentimientos a su favor, sobre todo los de su abuelo. Las mujeres lo encontraban muy sexy. Era alto, fuerte y bien fornido, lo que contrastaba con los rasgos casi infantiles de su cara, donde el azul intenso de sus ojos combinaba de forma perfecta con los distintos tonos castaños de su largo y desordenado pelo. Siempre vestía con desteñidos *jeans* y camisas de manga larga que llevaba recogidas mostrando sus fuertes bíceps. Se la pasaba con sus amigos, metido en un gimnasio que habían montado en uno de los tantos cuartos de la casa de su vecino Guillermo en Altamira. Allí todos competían por el volumen de los músculos, considerados —por mucho— la parte más importante del cuerpo humano. También a las mujeres se las apreciaba en relación directa con «lo buenas» que estaban, gran tema de conversación en las usuales sesiones de fisicoculturismo.

Liliana

CARLOS EDUARDO cursaba el tercer semestre cuando quedó totalmente prendado del cuerpo de Liliana Duarte, una tremenda muchachita de diecisiete años perteneciente también a la alta sociedad caraqueña.

Sucedió que un sábado, al salir del cine, Carlos Eduardo y sus amigos fueron a comerse una tostada en El Troly. Fue allí donde conoció a Liliana. Apenas la vio, acaparó su atención una niña —¿o era una mujer?— no tan alta pero muy bien proporcionada, con una espesa melena color caramelo, ojos almendrados y una boca roja, apetitosa como una manzana. Por suerte, la niña estaba con su amigo Enrique y su novia, y parecía no haber nadie más. Se acercó.

—¡Épale, Enrique! ¡Hola, María Elena!

—Hola *Robespierre*, ¿qué más?

—¿Y esta niña tan bonita quién es?

—Ella es mi prima Liliana —dijo María Elena.

—¡Hola, Liliana!

—Hola.

Carlos Eduardo miró alrededor.

—No puede ser que esta muñeca esté sola.

—Estaba… —dijo ella.

Enrique rio e invitó a su amigo a sentarse con ellos.

—Ven, *Robespierre*, acompáñanos.

—¡Hoy es mi día de suerte! —dijo picándole el ojo a Liliana.

A Carlos Eduardo no le fue nada difícil cautivar a la niña. Ella lo encontraba irresistible. Sin ningún cuestionamiento ambos comenzaron a vivir sus fogosos amores, dispuestos a saltar cualquier protocolo social que limitara sus libertades. Liliana era hábil ejerciendo el rol de niña ingenua ante sus padres, que con toda confianza dejaban salir a su hija con el futuro arquitecto, convencidos de que estaría protegida por los buenos apellidos del joven de veinte años. Pero ¡qué equivocados estaban!, los amigos de Carlos Eduardo eran todo lo contrario de lo que los padres de Liliana hubieran deseado. Para ellos la vida era un laboratorio y buscaban experimentar todas las novedades que les ofrecía la época, que entonces eran muchas. Así comenzó Liliana a probar algunas sensaciones desconocidas para ella.

—¿Qué tal, mi muñeca, si nos fundimos juntos?

Liliana le reía todas sus gracias.

—¡Dale!

Fue el comienzo de sus briosos amores.

Una noche, tras emprender ambos un viaje de psicodelia, Carlos Eduardo y Liliana se fueron al Le Club. Comenzaron a bailar y vivieron a saltos la euforia de los Rolling Stones con satisfacción, subieron junto a Led Zeppelin la escalera del cielo y perdidos entre besos y caricias, en la penumbra de las luces de colores que giraban sobre sus cabezas, imaginaron el mundo perfecto de John Lennon. La música continuó. Se escuchaban los sensuales gemidos de Gainsbourg y Jane Birkin cantando a dúo *Je t'aime*. Carlos Eduardo sentía cómo su respiración se agitaba con los sugestivos susurros en francés de aquella vieja canción. Se detuvo en medio de la pista y abrazó a Liliana por la cintura con fuerza, apretándola contra su cuerpo, obligando el contacto total de sus dos frentes, desde los pies hasta sus labios.

—¿Sabes cómo se llama esa canción?

—*Je t'aime* —respondió ella.

—*Je t'aime… moi non plus*: *Te amo… yo tampoco.*

Liliana rio.

—¿Cómo que «yo tampoco»? —preguntó.

—Ése es el título completo de esta canción. Viene de una frase loca que dijo Dalí: «Picasso es español, yo también. Picasso es un genio, yo también. Picasso es comunista, yo tampoco».

—Tú sí sabes cosas…

Carlos Eduardo la silenció con un largo beso.

—¿Te quieres casar conmigo?

—Sí.

—Yo tampoco.

Los dos rieron y se abrazaron fuertemente. La canción llegó a su fin.

—¿Estás lista?

—¿Para qué?

—Para casarnos.

—¿Ahorita? ¿Nos vamos a casar así, los dos en *blue jeans*?

—Los dos en *blue jeans*, o desnudos a lo *Woodstock*, como tú prefieras. ¡Oye, hoy es 15 de agosto, el día del concierto!

—¡Loco! Ya es 16, son las 2:10.

—Es igual. *Woodstock* duró tres días, nos quedan dos. ¡Vámonos, mi muñeca!

Esa misma madrugada desaparecieron de Caracas, no sin antes dejar debajo de las puertas de sus respectivas casas la misma nota: «Nos casamos. No nos busquen porque estamos de luna de miel. Los llamaremos al regresar».

La noticia voló como pólvora en la sociedad caraqueña de 1971. Los cuatro padres lloraron y se echaron las culpas, pero nada pudieron hacer. Diez días después aparecieron los nuevos esposos, que en realidad no eran tales, porque siendo ella menor de edad, lo máximo que habían logrado era pagar por un certificado de legalización de concubinato. Con el desparpajo que los caracterizaba, Carlos Eduardo y Liliana se presentaron delante de sus familias, muertos de la risa, como si nada. En esas circunstancias, lo mejor que podían hacer los padres para velar el escándalo ante la escrupulosa sociedad caraqueña, era recibirlos con los brazos abiertos y darle vivienda a la nueva pareja. Y eso hicieron. Pagaron por transformar los dudosos papeles en una boda civil y completaron la novela con la ceremonia en la iglesia de Campo Alegre con traje de novia blanco, cortejo y gran fiesta en la casa de los abuelos Benedetti.

Instaladas las carpas

EN HORAS DE LA TARDE, la niebla subió apurada y se extendió como una cortina borrando el paisaje del páramo. A duras penas se distinguían las tiendas de campaña ya instaladas frente a la entrada de la casa. Cada quien escogió la suya y se metió en su refugio para dedicarse a la difícil tarea del aseo personal en el frío y reducido espacio disponible. Inflados los aislantes y desplegados los sacos de dormir, Juan Ernesto, María Elena y Enrique salieron de sus madrigueras; tras cerrar sus carpas, se fueron al corredor y allí se sentaron a la espera del atardecer, que no prometía sol sino niebla de colores.

—Oye, María Elena —preguntó Juan Ernesto—, ¿qué pasó con el arquitecto y tu prima Liliana?

—La verdad es que al principio ellos eran muy felices —respondió pensativa—, disfrutaban su libertad, ¿no es así, Enrique?

—Sí, creo que estaban contentos. Carlos Eduardo convenció a su abuelo Benedetti de que le regalara una moto y se la pasaban rodando por el interior de Venezuela con otras parejas de motorizados tan ociosas como ellos. Lo malo era que en ese grupo se consumía mucha droga.

—Sí, era un desastre —confirmó María Elena— y las relaciones entre los amigos se volvieron tan relajadas que hasta algunos comenzaron a intercambiar parejas; eso a Liliana no le gustó nada. Un día, ella me dijo que Carlos Eduardo estaba atacando a Teresita, una de las chicas del grupo que estaba buenísima. Allí empezaron los problemas. Sus relaciones se volvieron tormentosas, se peleaban a muerte, pero luego se contentaban y se amaban apasionadamente. Nosotros dejamos de andar con ellos porque no aguantábamos sus peleas. Después, la pobre Liliana salió en estado y se engordó unos cuantos kilos…

—Y por supuesto Carlos Eduardo se buscó una chama que estaba buenísima —completó Enrique.

—Sí, fue horrible para Liliana, ella ya no aguantaba más.

Juan Ernesto escuchaba con atención.

—Pobre mujer —dijo.

—Sí, pero todo cambió el día en que nació su hija y Liliana descubrió su vena maternal. Estaba feliz. Me acuerdo cuando fui a visitarla en la clínica, cargó a la bebé y le dijo: «Isadora, tú vas a ser una gran bailarina». Carlos Eduardo, que estaba parado detrás, se asomó sobre el hombro de Liliana: «Isadora Sosa Duarte», anunció. Enseguida Liliana lo corrigió: «Isadora Duarte». Todos nos quedamos helados. Y Carlos Eduardo mudo.

—Se habrá quedado mudo pero no le importó nada que su hija no llevara su apellido.

—¿Y en verdad no se lo pusieron? —preguntó Juan Ernesto.

—No se lo pusieron, pero a él le dio lo mismo. Su hija le era completamente indiferente. Lo único que le interesaba era fumar marihuana y rascarse con sus amigos.

—Hasta que un día Liliana se decidió. Empacó sus cosas y las de su niña, y lo abandonó. Carlos Eduardo cayó en un terrible estado de depresión, se entregó a las drogas y terminó interno en un sanatorio.

—¿En un sanatorio? —preguntó Juan Ernesto— ¡Ay, pobre! Si es como el sanatorio cubano, entonces sí que lo considero… ¿Y Liliana?

—Ella se fue con su niña a Miami, donde vivía su hermana, y allí se casó con Jaime, su actual esposo.

—Mira tú, terminó en Miami, feliz, como cualquier cubano —rio Juan Ernesto.

Quedaron en silencio por unos instantes. María Elena miraba pensativa las paredes que la rodeaban:

—Pero lo que no sabemos es cómo Carlos Eduardo llegó a esta casa.

El arquitecto

TRES AÑOS LE TOMÓ A CARLOS EDUARDO recuperar su vida. Para entonces su exmujer tenía nuevo marido. A su hija nunca más la volvió a ver. Golpeado como estaba, decidió reparar su existencia, reingresó en la Universidad Central y al fin terminó la carrera de arquitectura. Tenía entonces treinta y un años y conservaba intacto su indiscutible atractivo.

El arquitecto intentó ejercer, pero la verdad es que todo le aburría y no duraba más de dos meses en ningún trabajo. Trató de vivir en casa de sus padres, pero con ellos tenía una pésima relación. Optó por mudarse con el abuelo Benedetti, que había quedado viudo, y estaba triste y enfermo, sufriendo la fase terminal de un cáncer de pulmón.

Era el primer día del año 1984 cuando murió el viejo, que como era de esperar, dejó a su nieto una buena herencia. Carlos Eduardo vio una luz en su camino. Pensó que tenía la vida resuelta y al fin podría moldearla a su gusto. Se fue a Nueva York, alquiló un *loft*, viajó por Europa y se dedicó a la vida bohemia rodeado de pseudointelectuales y artistas. A finales de 1991 se había gastado todo el dinero. Hacía casi siete años que no iba a Venezuela ni veía a sus padres, solo hablaba con ellos en los días de Navidad y pensó que era el momento de volver. No sintió vergüenza alguna cuando llamó a su mamá para pedirle el pasaje de regreso.

—Óyeme bien, Carlos Eduardo, cuando llegues, tu papá y yo no estaremos aquí. Nos vamos de viaje a California y pasaremos un mes fuera. Puedes llegar a nuestra casa. Aquí está Pilar. Pero mucho cuidado con lo que vas a hacer… Me haces el favor de no usar ni el carro de tu papá ni el mío. Tu *Mustang* está todavía ahí, en el garaje. No lo quise vender porque estaba segura de que algún día te ibas a aparecer, así como apareciste, limpio y sin dónde caerte muerto. Ahí está también el *Caprice* de tu abuelo y las llaves se las puedes pedir a Teófilo. Así que ya sabes, hijo, no nos vayas a causar un malestar. Puedes quedarte en casa por unos días, siempre que no desordenes, metas gente ni uses mis cosas, y mucho menos los carros. Y, por favor, resuelve rápido qué es lo que vas a hacer con tu vida.

El arquitecto lo resolvió así: una mañana decidió cambiar su *Mustang* por una moto y arrancó sin rumbo fijo. Pasó más de tres años errando de un lugar a otro por toda Venezuela, hasta que llegó a los Andes y terminó instalándose en la ciudad de Mérida, donde consiguió empleo en la universidad como profesor de Historia de la Arquitectura. Convertido en un hombre montuno e introvertido, en Mérida nadie sabía de su pasado. Tampoco de su presente, solo que daba clases en las mañanas de martes a viernes y luego desaparecía hasta el martes siguiente. Sus alumnas se preguntaban si sería casado, divorciado o soltero. ¿Tendrá hijos? De eso ni él mismo se acordaba.

Cuatro años llevaba en Mérida cuando murió su papá. Entonces viajó a Caracas. El ataúd reposaba en medio de la sala, con una cruz de orquídeas blancas sobre la tapa ya cerrada. Al fondo, tras los amplios ventanales, más allá del gazebo y de la piscina, tres imponentes samanes presenciaban la escena, sobrios y serenos, explayados sobre la perfecta grama de los campos de golf del Country Club. Era cerca de la media noche cuando los últimos familiares y amigos del ingeniero Sosa se retiraron del velorio y se despidieron de la viuda hasta la mañana siguiente cuando saldría el entierro. Allí quedaron solos, frente al féretro, Carlos Eduardo y su madre. Fue entonces cuando ella le entregó el cheque.

—Me pidió tu papá que te diera esto —le extendió el sobre— con la condición de que lo uses para comprar un techo. Hijo, espero que no le incumplas el deseo a tu difunto padre, porque tú no sabes de lo que es capaz un alma en pena. Y recuerda que las almas son inmortales.

Arleny

EL ARQUITECTO VOLVIÓ A LOS ANDES y con el dinero de su padre compró una destartalada bienhechuría en un páramo ajeno a toda civilización. *La Nube,* como la bautizó, era el único lugar donde Carlos Eduardo se sentía en paz. Desde su llegada a Mérida, hacía más de un año, no había tenido una pareja. Hasta que conoció a Arleny, una muchachita de diecinueve años venida del Zulia que había comenzado a trabajar en la cafetería de la universidad. Todas las mañanas ella le servía el café y todos los mediodías le llevaba el almuerzo a la oficina, mientras él preparaba sus clases y leía el periódico. Arleny tenía rasgos típicamente guajiros con los ojos achinados y un pelo negro muy liso y brillante que no pasaba inadvertido a la mirada del profesor. Era delgada, graciosa y siempre sonreía mostrando un par de hoyuelos en los cachetes y una dentadura blanquísima. El profesor recordó, sólo por un instante, la foto de Isadora que le había mostrado su mamá —¿haría diez años?—, cuando regresó del viaje a San Francisco. Su hija, que tendría entonces unos dieciséis, era una joven tan atractiva como lo había sido Liliana, de una belleza refinada, muy diferente a la de la muchachita que graciosamente ahora se le acercaba.

—Buenos días, profe. ¿Va a querer una empanadita con su café?

—No, gracias, Arleny, solamente el marroncito. Y por favor, ¿tú crees que puedas conseguirme una caja de fósforos?

—Bueno, aquí no, profe, porque sabe que no dejan fumar en la universidad. Se le acercó y le susurró al oído: —Pero yo se la consigo en el quiosco y se la traigo, no se preocupe. Y picándole el ojo le regaló una sonrisa.

Carlos Eduardo la vio alejarse. No pudo dejar de reconocer que la muchacha le gustaba. Y mucho.

Era viernes. Le tocaban tres días de retiro en su páramo. Al final de la tarde, el profesor se dirigía a su camioneta, cuando se dio cuenta de que Arleny lo esperaba cerca de la puerta del chofer, con una amplia sonrisa y un paquete de fósforos.

—¿Me invita a un cigarrito, profe?

Carlos Eduardo le sonrió.

—Gracias, muchachita —le dijo agarrando los fósforos. Él hizo el gesto para abrir la puerta del carro, pero ella no se apartó ni un milímetro.

—¿Y? No me ha contestado. ¿Me invita o no?

El arquitecto se puso algo tenso. Realmente no tenía cigarrillos. Lo que quería era fumarse un pito de marihuana. Lo necesitaba. Era algo que no había podido superar y nadie más lo sabía. Todos creían que estaba totalmente limpio, pero no. A pesar de grandes esfuerzos, no lo había logrado. Cada tarde, a solas, se permitía su dosis. Pero estaba muy consciente de que no debía hacerlo.

—Arleny, es que no llevo cigarrillos ahorita.

—Entonces lo invito yo —dijo la muchacha, sacó del escote de su breve franela un pito de marihuana y se lo mostró—. Solo tengo uno, pero podemos compartirlo.

Carlos Eduardo no reaccionó. Quiso evadir la situación abriendo la puerta del carro para montarse mientras inventaba alguna excusa. Pero ella fue más rápida, le dio la vuelta al carro y se montó en el asiento del acompañante.

El arquitecto encendió el carro y dijo:

—Arleny, más vale que te bajes. Yo voy para el páramo y no vuelvo hasta el lunes.

—Bueno, nos lo podemos fumar allá.

Él se volteó y la miró fijamente a los ojos. Ella sonreía mostrando sus hoyuelos.

—No me entendiste bien. Allá no hay transporte y yo vuelvo en tres días.

—No se preocupe, yo siempre llevo una pantaleta limpia en mi cartera, por si acaso.

—Niña, ¿y tú no tienes a quién pedirle permiso para dormir fuera de tu casa?

—No. Papá… nunca he tenido. Y ahora tampoco tengo mamá. Se fue a Margarita a dar masajes en la playa. Dijo que allá los turistas pagaban en dólares y que cuando tuviera plata me venía a buscar. Eso fue hace como ocho meses y no he sabido nada de ella. Yo me quedé con una tía, pero me escapé. Ella estará feliz porque no hacía sino quejarse de que mi mamá me hubiera dejado con ella.

—¿Hermanos?

—Uno… de otro papá. Ese vive en Colombia, pero no lo conozco.

—Entonces, andas de tu cuenta.

—Sí. Me gusta Mérida.

—¿Dónde vives?

—En la casa de la mamá de la prima de una amiga mía de Maracaibo que vive aquí. Ella necesitaba una muchacha porque iba a viajar y tenía miedo de que le invadieran la casa mientras estaba afuera. Yo le dije a la señora Miladys (así se llama) que yo se la cuidaba sin cobrarle nada si me daba un lugar para vivir mientras estaba fuera y dijo que sí. Ella misma me recomendó para hacerle la suplencia en la cafetería de la universidad porque la señora Miladys trabaja allí. Así que desde hace dos meses resolví vivienda y trabajo hasta que la señora regrese.

—¿Que es cuándo?

—El mes que viene.

—Entonces, ¿te quedas sin techo y desempleada?

—Sí, pero no hablemos de eso. Ande, profe, vamos a fumarnos uno. —Encendió el cigarrillo de marihuana, aspiró profundo y se lo pasó al profesor.

Llegaron a la casita del páramo. Era el final de la tarde y arreciaba el frío. Se bajaron del carro.

—Bienvenida a *La Nube*.

Ella miraba curiosa todo alrededor.

—Ya veo que no tenemos que preocuparnos —dijo Arleny al descubrir unas siembras de hierba camuflajeadas entre un matorral.

El profesor la condujo dentro a la cocina, donde tenía las hojas secas, y preparó con destreza un nuevo cigarrillo. Lo encendió y sonriendo se lo pasó. Arleny aspiró profundamente.

—Por eso me gusta la marihuana, porque nos hace a todos más dispuestos y más sonrientes.

El arquitecto le quitó el cigarrillo de las manos y tomó una amplia bocanada: luego, tomó a Arleny de la mano y la llevó afuera a ver el atardecer. Aspiró de nuevo.

—A mí me gusta porque sin ella no hubiera leído tantos libros, ni disfrutado tantas películas, ni escrito poemas. Porque por ella me gusta más el arte y la poesía. La hierba te hace sentir tu propio cuerpo, la piel, el frío, el calor, los dolores, los olores, el amor —devolvió el cigarrillo a la muchacha—, pero también te hace ver lo que realmente no te gusta: que estoy hecho una mierda, porque si no me fumo uno o dos pitos al día no puedo funcionar, mi vida es un fracaso y casi todo me aburre.

—Yo no te aburro —respondió Arleny plantándole un beso. Se reía y daba vueltas con los brazos extendidos hasta marearse y caer sobre el verde pasto.

—Suficiente, Arleny, vamos para adentro que está haciendo frío.

El profesor la levantó con la ternura de un padre que carga a su niña. La llevó al ático, la acostó en la amplia cama y, en aquel estado de ingravidez mental, hicieron el amor.

Él observaba el cuerpo tierno de la muchacha reposando sobre la sábana desordenada. Era bella aquella niña mujer. Exótica y simple, atrevida e ingenua. Ella abrió los ojos y sonrió.

—Me siento como si estudiara en la universidad porque ya tengo un profesor.

—Eres terrible —dijo él, y la abrazó.

Pasaron tres días desinhibidos, despreocupados, deliciosos. El lunes volvieron juntos a Mérida, y apenas la señora Miladys regresó de su viaje, Arleny se mudó a la casita del páramo.

Dos años y ocho meses pasaron antes de que Arleny saliera embarazada. La nueva situación llegó de imprevisto, no porque la estaban evitando, sino porque ambos eran tan inconscientes que ninguno de los dos se había detenido a pensar en esa posibilidad. Más bien habían tenido suerte de que no hubiera sucedido antes. Para Arleny, la falta de la regla fue una sorpresa. Para Carlos Eduardo, una amenaza que le produjo terror y propuso de inmediato interrumpir el embarazo. La reacción del profesor desconcertó a la muchacha, que comenzó a llorar desconsoladamente.

—Yo no puedo hacer eso, profe. Mi abuela, que es muy cristiana, me lo dijo muchas veces. «Eso es un asesinato y si lo haces, te vas al infierno y no tienes perdón. Ni que te confieses una, cien y mil veces; ni que te confieses con el mismísimo Papa». Por eso yo nací, porque mi abuela no dejó hacérselo a mi mamá.

Arleny lloraba tanto que hasta el mismo profesor se compadeció de ella. Decidieron pensar en alguna otra solución. Él estaba claro en que no quería tener el niño, pero ¿qué podía hacer? Resolvió llevarla a Caracas y contarle el problema a su mamá. Sabía que ella sentiría un gran cargo de conciencia si le negaba ayuda al hijo de su hijo. Ya había pasado una vez. Así que habló con Arleny y ella aceptó ir con él.

El profesor pidió un permiso en la universidad para ausentarse durante cuatro días y se fue con Arleny en autobús para Caracas. Prefirieron hacerlo así, ya que manejar tan lejos para regresar a los tres días resultaba muy cansado. En el autobús, en cambio, podían incluso dormir. Y así se fueron.

La señora Benedetti de Sosa recibió la noticia con gran disgusto.

—¡Hasta cuándo, hijo, me vas a dar dolores de cabeza! Qué diría tu papá. Gracias a Dios que ya no está para sufrir esta desgracia. Es que tú no maduras. Un viejo como tú ahora jugando con esta niña ¡Mírala, si es mucho menor que tu hija! ¿Hasta dónde llega tu inconsciencia?

—Sí, mamá, yo sé que tienes razón, que todo lo que dices es verdad, pero el problema no desaparece cuando uno se queja ni cuando reconoce sus errores. Aquí hay tres verdades: una barriga, un padre —que soy yo— y un niño que no tiene la culpa. Arleny no tiene familia ni nadie con quien contar. El hijo que está en su barriga es mío. De eso no hay la menor duda, en *La Nube* no vive nadie más que nosotros dos.

—¡Mijo, en las nubes no se vive! Las nubes son para los muertos o los que se volaron la cabeza como tú. Mira, Carlos Eduardo, tienes razón en que el niño no tiene la culpa, ¡pero yo menos! Así que ve a otro lado a resolver tu asunto. Yo estoy vieja y cansada. Ya me pasó el tiempo de cuidar muchachos y también de mantenerlos. La única ayuda que te voy a ofrecer es la de pagarte la consulta médica, que revisen a esta mujercita y le controlen el embarazo durante los nueve meses para que el muchacho le nazca sano. Lo demás lo dejo en tus manos. Allá ustedes.

La señora buscó su cartera y escribió un cheque generoso a nombre de su hijo.

—Aquí tienes. Hazme el favor de llevar inmediatamente a esta niña a un buen ginecólogo para que la revisen bien. Mucho cuidado con gastarte ese dinero en otra cosa y terminar llevándola a uno de esos módulos a verse con un médico cubano. Mi responsabilidad llega hasta aquí.

Se volvió entonces hacia Arleny, que avergonzada miraba hacia abajo.

—Y tú, niña, veme la cara y escucha bien lo que te voy a decir: si tuviste voluntad para mudarte y vivir con este zángano, debes tener de sobra para criar a tu muchacho. Así que oye mi consejo, anda al médico, controla tu embarazo y ocúpate de tu hijo en vez de andar haciéndole fiestas al sinvergüenza este. Y no me vuelvan a aparecer por aquí que yo ya no quiero más familia. Ya tuve un marido, ya tuve un hijo, ya tuve una nuera, ya tuve una nieta y con eso me basta y me sobra.

El autobús de vuelta

—¿Ahora qué hacemos? —preguntó Arleny.

—Nos vamos para nuestra nube. Caracas nunca me ha tratado bien.

—¿Y el médico?

—Ya veremos.

Por lo menos su madre había sido generosa, pensó Carlos Eduardo. Algo había valido la pena el viaje.

—Si mi abuelo estuviera vivo, seguro nos hubiera ayudado. Pero mamá, ¡esa si es arrecha, no parece su hija! Nunca me he llevado bien con ella. Ni tampoco con papá. Ellos soñaban con un hijo abogado, enfluxado, golfista, y con una nuera de buen apellido, bonita y que hablara inglés. Con eso bastaba para considerarla una buena esposa para mí. Mi vida debía ser como la de ellos, pura pantalla: pinta de ricos, pinta de cultos, pinta de decentes, de honestos, de familiares, de católicos, de felices.

El taxi tomó la subida de La Castellana hacia la Cota Mil. En pocos minutos llegaron a una bella casona en Los Chorros.

—Mira, Arleny, este es el único lugar de Caracas que me

gusta: la casa de mi abuelo Benedetti.

Manuel, el jardinero, cuidaba la casa. Allí pasaron la noche Arleny y el profesor.

Al día siguiente, a las siete de la mañana, ya estaban instalados en el interior del autobús. Las poltronas eran cómodas y se podían reclinar. Escogieron sentarse hacia el fondo, en la última fila. El autobús iba bastante vacío. De la mitad hacia atrás no había nadie, excepto una mujer sola, sentada unas tres filas delante de ellos.

Luego de sumergirse media hora en el tráfico de Caracas, lograron salir de la ciudad. De vez en cuando Carlos Eduardo apartaba la cortina de su ventana para mirar hacia afuera.

—No entiendo porqué tienen esta manía en los autobuses de cerrar las cortinas y viajar a oscuras en pleno día, en vez de ir viendo el paisaje. Da claustrofobia.

Arleny no contestó nada. Iba despierta y visiblemente preocupada. Al rato dijo:

—Profe, ¿tú tienes una hija?

—Sí.

—No me habías dicho nada. ¿Cuántos años tiene?

—No sé.

—¿Cómo que no sabes?

—¡Ay ya, Arleny! —respondió molesto—. No es asunto tuyo y no voy a hablar de eso.

Por un rato los envolvió el silencio, pero pronto ella comenzó a llorar.

—Profe, tengo miedo.

—No tengas miedo, vamos a resolver.

Carlos Eduardo no había descartado la posibilidad de convencer a Arleny de practicarse el aborto, pero sabía que le iba a dar trabajo. Era muy importante la forma como se lo propusiera. Por ejemplo, no podía usar la palabra «aborto», sino «interrupción del embarazo», que sonaba menos duro, más científico.

—Tenemos que pensarlo muy bien, Arleny, un niño es una vida, no es juego. Lo primero que hay que hacer es visitar el médico.

El médico sería un buen instrumento para recomendar el aborto. Era cuestión de encontrar al indicado, uno que estuviera dispuesto a decir que el niño no venía bien…

—Sí —continuó—, voy a preguntar en la universidad para que me recomienden un buen médico que te examine y diga cómo va todo.

Tenía que moverse rápido porque después de tres meses ya sería muy tarde.

—No te preocupes, Arleny, esta misma semana te consigo al doctor.

—De repente tienes tu varón… —dijo ella sonriendo.

Carlos Eduardo no contestó. Ella continuó.

—Sabes que saqué la cuenta y el bebé va a nacer en junio, o sea que va a ser géminis… ¿Y si son morochos?

Carlos Eduardo sintió un escalofrío.

—Profe, tengo mucho miedo. —Arleny comenzó a llorar— No quiero que me vea un médico, ni quiero tener un bebé, y menos dos. No quiero ser mamá. ¡Pero menos quiero irme al infierno!

Carlos Eduardo la abrazó.

—Tranquila, muchachita. Eso lo vamos a arreglar en cuanto te lleve al doctor.

—No, no, yo sé qué es lo que tú estás pensando, yo no quiero eso. No voy a ir a ningún doctor.

—Bueno, está bien, Arleny. Dejemos esa discusión para después, estamos muy cansados. Cuando lleguemos a Mérida nos vamos para la casita en el páramo, nos quedamos allá solos en *La Nube*, tranquilitos, y pensamos bien lo que vamos a hacer. Si no quieres ir al doctor no iremos, pero ya deja de llorar.

—¿Y cómo voy a hacer cuando tú te vayas a la universidad y yo me quede sola en ese páramo, sin vecinos, sin teléfono, sin nadie cerca? ¿Y si me siento mal, a quién llamo?

—Buscaremos a alguien que te acompañe para que no te quedes sola. No te preocupes, ya resolveremos. Seguro que en Mérida hay alguna muchacha que se pueda quedar contigo los días que yo no estoy.

El autobús hizo una parada y los pasajeros se bajaron mientras el chofer reponía el combustible. Arleny entró al baño y cuando se fue a lavar las manos se acercó una señora.

Cruzaron las miradas y la señora le sonrió.

—Hola.

—Hola.

—¡Qué calor hace!

—Sí.

—Voy a tomarme un jugo, ¿quieres tú uno? Te invito.

—No, gracias, señora.

—Mejor que sí, niña, tómate un juguito que eso le hace bien a tu bebé.

Arleny volteó sorprendidísima y se miró la barriga.

—Estás embarazada, ¿no?

—Sí, ¿y cómo usted sabe si todavía no se me nota nada?

—Es que yo soy comadrona y descubro las barrigas antes que nadie.

—¿De verdad?, ¿usted es comadrona?

—Sí, ¡Ven acá, chica! —la tomó de la mano y salieron del baño—. Párate aquí derechita, recostadita de la pared para ver una cosa. Ajá, pega los talones de la pared y levanta la barbilla. Así está bien… déjame ver… —la mujer pasó su mano entre la pared y la cintura de la muchacha—. ¡Varón! —dijo—. Puedes escribirlo, de cuarenta y siete muchachos que yo he recibido, solo me he equivocado en dos, pero de este estoy segura. Vamos, acompáñame a un jugo.

Arleny la siguió. Era una mujer de unos treinta y cinco años, bonita, delgada, no muy alta, con una mirada muy viva y una gruesa trenza negra.

—¿Y usted va para Mérida?

—Pues sí, para allá es que va el autobús, ¿no?

—¿Y usted vive allá?

—Todavía no, pero allá voy a vivir.

—¿Y dónde va a trabajar?

—Bueno, todavía no lo sé, donde me necesiten, donde haya mujeres pariendo. O barrigonas. A veces me ha tocado cuidar mujeres que están embarazadas pero viven en algún lugar apartado y no pueden ir a un médico para que les controle su embarazo.

—¿En serio?, ¿usted hace eso?

—Claro, muchacha, ese es mi oficio.

Carlos Eduardo se acercó a la barra en donde las dos mujeres hablaban.

—Hola, usted es el esposo de… ¿Cómo te llamas, niña, que ni me has dicho tu nombre?

—Arleny.

—¿De Arleny?

El profesor no respondió.

—Yo soy Irene Gómez, encantada —la mujer extendió su mano.

—Carlos Eduardo —le extendió la suya—. Pero no soy el esposo de Arleny.

—Pero sí el papá de su bebé —dijo la mujer.

—¡Vamos Arleny, ya se están montando en el autobús! —exclamó el profesor molesto.

De vuelta, cada quien retomó su asiento. Arleny notó que la señora Irene estaba sentada tres filas delante de ellos.

—Oye, profe —murmuró Arleny—, esa señora, la que me invitó el jugo, es comadrona y me dijo que trabaja cuidando barrigonas que viven en lugares apartados y que no pueden estar yendo a visitar médicos.

—¿Sí? ¡Pero qué casualidad! ¿Y por qué estabas hablando tú de esas cosas con ella?

—Porque me la encontré en el baño y apenas me vio, adivinó que yo estaba embarazada. ¡Impresionante! Yo me quedé helada.

—¿En serio? Pero si no se te nota nada, ¡ni yo me lo creo!

—Pues ella sabe de eso, dice que es comadrona y que voy a tener un varón.

—¡Pero bueno, entonces lo que es bruja! ¿Cómo va a saber eso?

—Pues yo sí le creo. Imagínate, ha atendido a más de cuarenta mujeres y solamente se ha equivocado con dos.

—¿Cómo que se ha equivocado? ¿Se murieron las mamás o los hijos?

—¡No, vale, se equivocó adivinando el sexo! Oye, mi profe, yo creo que si ella se viene a *La Nube* con nosotros, me cuida la barriga y así yo no tengo que salir para ningún médico en Mérida.

—Déjame hablar con ella a ver cómo es la cosa. Tú quédate aquí.

El profesor se acercó adonde estaba Irene sentada y le dijo.

—¿Puedo sentarme?

—Claro, profesor.

Carlos Eduardo se erizó.

—¿Cómo sabes que soy profesor?

—Cuando se trata de barrigas adivino cosas de sus mamás y de sus papás.

—Bueno, ya basta de tanto cuento. ¿Es verdad que eres comadrona? ¿Tienes alguna referencia?

Irene abrió el cierre de su bolso, apretado de tanta ropa, hurgó su mano sin mirar y sacó un pequeño folleto.

—Mira, a lo mejor esto te convence. El título decía: *Guía para atender un parto en emergencia.*

—¿Tienes experiencia?

—Si te bastan cuarenta y siete recién nacidos, todos vivos, sí.

Carlos Eduardo hacía algunas otras consideraciones. Llevar a Arleny a Mérida con la barriga significaba que en la universidad se enterarían de su relación con la muchacha, que hasta ahora había logrado mantener en secreto durante casi tres años. Nadie, aparte de los escasos muleros que pasaban por aquella remota zona, sabía de la existencia de Arleny. Y ellos eran incapaces de hacer preguntas. Saludaban al arquitecto —como lo llamaban— y miraban con disimulo a la muchacha que cuidaba sus sembradíos y los escasos animales que rondaban por su territorio, pero ninguno se atrevía a invadir la intimidad de aquel misterioso personaje. El arquitecto tenía fama de ser un hombre reservado y montuno. Nada se conocía de su vida pasada. Tampoco de la presente.

—¿Qué haces por aquí?, ¿tienes familia en Mérida?, ¿de dónde vienes?

—Vengo de Caracas y no tengo a nadie en Mérida. Te voy a decir la verdad, me vine porque dejé a mi marido y no quiero que me encuentre. Mis padres murieron, tengo una sola hermana que vive en Colombia y no tengo hijos. Nunca nos casamos, así que no tengo rollo de papeles. Solo busco tranquilidad. No quiero llamar la atención ni hacer muchas amistades, al menos por un tiempo, mientras a mi marido se le pasa la arrechera de que lo dejé. Lo más probable es que ni me busque. Él tiene otra mujer y ya no le intereso. El problema es que me vine con todo el dinero que teníamos reunido entre los dos. No me siento muy culpable porque no era mucho y más de la mitad lo había ahorrado yo. Trabajaba como enfermera, ayudando a una doctora ginecóloga. No soy comadrona, soy enfermera sin título, esa es la verdad. A la doctora le dejé una carta donde le explicaba que tuve que viajar de emergencia a Colombia porque mi hermana había tenido un accidente. A mi esposo le dejé un mensaje en su celular. Tenía lo suficiente para comprar el pasaje en autobús y vivir unos días mientras consigo un trabajo como ayudante de enfermería. O como comadrona… que parece que es el que primero me va a salir.

Irene hizo una pausa, miró fijamente a los ojos del profesor y mostrando una bella sonrisa, dijo:

—Estaré encantada de atender el nacimiento de tu primer hijo varón.

—¿Cómo sabes que yo no tengo hijos varones?

Irene soltó una carcajada.

—Te dije que soy experta en barrigas.

—Estoy empezando a creerte —dijo sonriente Carlos Eduardo—. Probaremos, si estás dispuesta a vivir en una nube, lejos de todos y de todo.

—Nada me convendría más.

No parecía tan mala idea esa de que la comadrona se instalara allí, pensaba el profesor, resolvería varios problemas, entre otros, podría ahorrar buena parte del dinero que le había dado su mamá para los gastos médicos. La comadrona seguro se conformaría con una modesta cantidad. Así, Arleny estaría acompañada los días que él estaba en Mérida. Y si además podía atender el parto en su casa, se ahorraría la clínica que era lo más caro. ¡Genial!

La Nube

LLEGARON AL TERMINAL. Allí cerca, el profesor tenía parada su camioneta. Se montaron los tres y emprendieron camino al páramo. Caía la tarde cuando entraron en *La Nube*. Irene abrió la puerta del carro y descendió.

—¡Me gusta! —exclamó.

—¿Ese es todo tu equipaje? —le preguntó Arleny observando el pequeño bolso que abrazaba.

—Sí, salí así, ligerita, para que nadie sospechara y le comentara a mi esposo que yo había salido con una maleta.

—Bueno, si necesitas algo yo te lo presto. Tengo bastante ropa y te debe servir.

—No te preocupes, ya resolveremos.

Irene miraba fascinada la pequeña casa y la inmensidad del paisaje que la rodeaba.

—Esto es bellísimo. Pero hace frío.

—¿Tienes *sweater*? —preguntó el profesor.

—No, eso sí que no tengo.

—Yo te presto uno.

Entraron. Irene observaba con gran atención cada detalle.

Eran casi las seis de la tarde y la neblina se colaba por ventanas y rendijas a su antojo.

—Esto parece un lugar encantado.

—Ven, Irene, te enseño la casa —le dijo Arleny.

Un solo ambiente conformaba la planta baja. La cocina ocupaba el espacio más importante alrededor de una batea de cemento y una estufa de leña. La chimenea a un lado servía además de horno.

—Mira —dijo Arleny, y tomó varios frascos de vidrio de la repisa—, aquí tienes las hierbas secas para cocinar, preparar té y otras cosas… —rio.

—Me gusta mucho tomar té.

—Aquí está el baño, la ducha es de agua fría, pero calentamos un tobo para bañarnos.

Irene fijó su atención en las incrustaciones de piedras y palos que tenían las paredes.

—¿Y estos trabajos tan bonitos?

—¡Ah, los hace el profe! Él es un artista.

—¡Sí que lo es!

—Ven, Irene, vamos a subir.

Observó la escalera. Era otra obra de arte. Las tablas encajaban de lado y lado en un par de rolas gruesas de madera. Los pasamanos eran ramas entorchadas que se trenzaban a los lados de los escalones. Subieron. Arriba, un techo a dos aguas se alzaba en el centro. A los lados, dos grandes ventanas se abrían generosas, ofreciendo una vista blanca, fría y húmeda. Irene soltó su bulto sobre un banco y cruzó los brazos sobre su pecho buscando darse calor.

—Toma, ponte este *sweater* —dijo el profesor.

—Gracias.

El *sweater* olía dulce. Se lo puso y se sintió bien. Paseó la mirada por la gran habitación. Un colchón *king size* reposaba en el centro del recinto sobre un catre de madera de patas muy cortas que apenas lo separaban del piso. Era la única cama que había. Los tres pensaron lo mismo, pero ninguno habló. Bajaron.

—¿Dónde podré guardar mi bolso? —preguntó Irene.

—En el clóset, detrás de la escalera.

Allí encontró una hamaca blanca doblada sobre uno de los estantes. La sacó, la colgó en la esquina opuesta a la cocina, improvisó un parabán con una esterilla y anunció:

—Este será mi cuarto.

El niño

LA RELACIÓN DE IRENE CON ARLENY era maternal, protectora. Se preocupaba por que se alimentara bien y que el embarazo evolucionara como debía. Su vida transcurría como en un retiro, aislada en el páramo, ajena al resto del mundo. Su único contacto con la civilización era a través del profesor, que iba cada lunes a la universidad y regresaba a *La Nube* con los encargos de Irene. Un tensiómetro, vitaminas, los materiales que necesitaría para el parto. A veces el profesor buscaba a su asistente para que le hiciera el favor.

–Oye, Mayra, necesito tu ayuda. Una comadre que vino de visita me encargó esto –le dio la lista: –pañales, ropita, teteros, chupones–. A la pobre, la abandonó el marido con una barriga. Lo menos que puedo hacer es ayudarla con estas cositas. –A Mayra le daba ternura la actitud del profesor y con gran gusto hacía las diligencias.

Irene no pensaba en otra cosa que en el embarazo de Arleny. Se sentía tan comprometida que le parecía que la barriga era suya, pero estaba en otro cuerpo. Lo mismo sentía Arleny.

Cuando nació el bebé, no aceptó que Irene se lo diera en los brazos.

—¡No, no, no, Irene, no me lo des a mí! Las dos sabemos que este bebé es hijo tuyo.

—Los *tres* lo sabemos —corrigió el profesor—. Irene, ese bebé es hijo tuyo y de nadie más. Ni Arleny sirve de mamá, ni yo sirvo de papá.

Irene quedó sin palabras con el recién nacido en los brazos. Arleny no quiso cargarlo y menos aún alimentarlo. El martes siguiente al nacimiento se fue a Mérida con el profesor y no volvió.

El vienes el hombre regresó solo. Irene arrullaba al bebé sentada en la hamaca. Luego llevó al niño a la cuna colgante que había construido el profesor y ella se acostó en la gran cama.

—Ahora yo duermo aquí con mi hijo —explicó.

—Me parece justo. El colchón es grande, cabemos los dos.

Pero no contaba el profesor con las malas noches que le esperaban. Los llantos del niño retumbaban en todos los rincones. *La Nube* había perdido su paz. Quería escapar de aquel tormento y entendió que había llegado el momento de irse.

Una mañana, Irene preparaba el café junto al fogón, mientras el profesor, fumando un cigarrillo, la observaba desde la hamaca.

—Irene —dijo—, tú y yo nos parecemos en algo: los dos buscamos la libertad.

Ella le llevó un pocillo de café y arrimando un banco se sentó a su lado. Los dos quedaron mirándose fijamente a los ojos, confirmando en silencio la indiscutible realidad de aquellas palabras.

—Me voy —continuó el profesor—, necesito un cambio de rumbo.

—¿Qué va a pasar conmigo y el niño?

—Esa es tu decisión…

Ella escuchaba.

—Irene, no sé realmente quién eres, ni de dónde vienes. Nunca te lo he preguntado ni te lo voy a preguntar ahora. Pero sí sé que no eres comadrona, ni estás escapando de ningún marido. La verdad es que eso no me importa, tienes todo el derecho de mantener en reserva tu pasado y no pienso invadir tu intimidad. Ahora me voy unos días a Caracas. Mi mamá no está bien y quiere verme. Luego, buscaré algo nuevo qué hacer con mi vida. Mi ciclo en la montaña ya se venció.

Ella miraba la taza de café que sostenía entre sus dos manos, sin hablar.

—Yo quiero dejarte *La Nube*, para que vivas aquí con tu hijo, pero sé que tú no tienes papeles. Ya buscaré alguna solución, te lo prometo.

Irene posó la taza en el piso, lo miró de lado y cruzó los brazos.

—Yo entiendo que es mucho pedirte que creas en mi palabra… —sonrió el profesor— pero tú sabes muy bien que yo soy un malcriado, un egoísta de mierda que hago lo que me da la gana y esto es lo que quiero ahora. Ya no me interesa esta casa, te la dejo y me voy, todavía no sé a dónde.

El profesor terminó su café. Ella recogió las dos tazas y las llevó a la batea.

—Entonces, ¿qué dices, Irene?

—Yo no tengo nada que decir aparte de agradecer. Te me apareciste en el momento más difícil de mi existencia y no me importa cuáles hayan sido tus motivos, o si eres un egoísta de mierda, como tú dices, pero la verdad es que al traerme a este lugar me resolviste la vida.

El profesor se levantó de la hamaca y se paró junto a ella. Irene se le acercó tanto como pudo, enfrentó su cara a la de él y mirándole a los ojos, dijo:

—¿Tú eres egoísta? Bueno, yo también. Yo quería un hijo, ahora lo tengo. *¿La Nube?*, claro que la quiero. La acepto.

—Bajó la mirada un rato y luego preguntó:

—¿Cuándo te vas?

—Ahora mismo.

—¿Te llevas algo?

—No, nada. Todo es tuyo.

—Y tuyo también.

Él le dio un abrazo fuerte, cálido.

—Fue interesante vivir contigo. Eres una buena mujer y serás una buena madre.

—¿Puedo pedirte un favor?

—Lo que quieras. Lo que no significa que te lo haga…

Ella se dirigió al clóset detrás de la escalera y sacó de su bolso una tela azul. La desplegó y apareció un *blue jean* viejo y desteñido.

—¿Y eso qué es?

—Quiero ponerlo en un lugar especial, como si fuera una bandera. ¿Me ayudas?

El profesor soltó una carcajada.

—Irene, verdaderamente eres un misterio.

Tomó el *blue jean* en sus manos y revisó la etiqueta.

—¿Y esta vaina tan rara de dónde la sacaste?

Ella sonrió.

—Dijiste que no ibas a preguntar nada.

—Es verdad… perdón. ¡Coño, Irene, es que a veces tientas demasiado mi curiosidad! A ver… qué hacemos con esto…

De pronto, aquel hombre desató una pasión que Irene desconocía. Su vena artística afloró y recordando viejos tiempos en Nueva York, revivió el *land art* y los materiales expuestos a los efectos del ambiente para observar su transformación. Totalmente inspirado, parecía poseído por la musa.

Irene lo vio trabajar como nunca lo había visto, absorto,

conectado a los materiales como si estuvieran vivos. Delante del marco verde de la ventana, sobre el triángulo de friso blanco, fabricó un altar de ramas retorcidas y allí, sobre una cruz de tablas suspendidas, colgó el legendario *blue jean*.

El sol se ponía cuando el profesor terminó. Irene traía al pequeño en los brazos para llevarlo a dormir. Venía abrazado al tetero. Él de dio un beso en la frente y le dijo:

—Bueno, ahijado, te dejo en las mejores manos. Pórtate bien. Te lo digo ahora que eres un bebé, porque si supieras hablar me contestarías: «¡Qué bolas tienes tú!» —Se rio—. Lo reconozco, tu padrino nunca se ha portado bien… ¡eso es tan difícil! Por eso, para estar seguro de que seas un buen hombre, te vas a criar con tu mamá. Ella te va a enseñar todo lo bueno.

El bebé lo miraba como si entendiera sus palabras. De pronto le sonrió y asomaron dos hoyuelos en sus cachetes.

—¡Carajo, muchacho, saliste bien bonito. Igualito a tu madre! ¡Ups!, perdón comadre… se me salió.

Irene se rio y entró con el niño en la casa.

Él, sentado en el pasto, miraba complacido su obra. Al rato, ella volvió.

—Ya está dormido —dijo, y sentándose a su lado volteó hacia arriba.

—¡Es una maravilla! —dijo ella.

—¿Qué nombre le pondrías a esta obra de arte?

—*Libertad* —respondió segura Irene.

Era de noche cuando el profesor se fue. Desde la puerta, siempre abierta, Irene lo vio salir, montarse en la camioneta y partir sin voltear atrás. Se tragó las lágrimas, se soltó la trenza, batió la cabeza y levantó la frente. Luego, subió las escaleras y se acercó a la cuna. El niño dormía plácidamente.

Volvió a La Habana

LA DENSA NEBLINA HABÍA INVADIDO por completo el lugar borrando todo vestigio de piso. Ahora la casa lucía suspendida en el espacio, dando perfecto sentido al nombre con el que había sido bautizada. Hacía frío en *La Nube*. Reunidos en la cocina, los excursionistas esperaban impacientes con sus platos en la mano a que Saúl sirviera la cena. Al fin, se destaparon las ollas: sopa de fideos y papas con atún. *La China* observó la comida e hizo una mueca.

—Lo bueno es que después de la subida de hoy y esta comida, voy a pesar por lo menos dos kilos menos —dijo.

—¡Pero niña, te vas a desaparecer! —le contestó María Elena— ¡Qué manía la de esta juventud con la flacura!

Juan Ernesto volteó hacia *La China*.

—Mira, muchacha, si estuvieras en Cuba, esto te parecería un manjar.

A pesar del triste menú, todos, incluso *La China*, comían con hambre y disfrutaban la buena compañía.

—Oye, Juan Ernesto, tú que ahora tienes pasaporte venezolano, ¿has vuelto a Cuba? —preguntó Enrique.

—Claro. Fui varias veces… hasta que mamá murió, y desde entonces no he querido volver. ¿Para qué? Ya he escuchado suficientes historias tristes.

—¿Y no te han puesto trabas para entrar o para salir?

—No, porque yo estoy legal, siempre he estado legal.

—Y aquella novia, Juan Ernesto, la del pantalón, ¿nunca más la volviste a ver? —preguntó María Elena.

—Pues, fíjate tú que la primera vez que volví a La Habana, en el 98 (yo tenía ya dos años de estar aquí), un día salí caminando por la calle donde vivía Reglita. Ella fue mi primera novia.

—¿Reglita? ¿Y ese nombre tan raro?

—¡No, que va! En Cuba es un nombre muy popular, por la virgen. Regla es una población apartada de la ciudad de La Habana, como una especie de Petare aquí. Allí son muy devotos a la Virgen de Regla, una virgen negra que es la patrona de La Habana. Por supuesto, muchas mujeres que viven por ahí se llaman Regla.

—Entonces, cuéntanos de tu Reglita.

—Estudiábamos juntos en la escuela. Ella era muy graciosa, más que bonita, pero la que estaba buena de verdad era la hermana, y todos en la escuela, a la que nos queríamos coger era a la hermana. Así que yo me hice novio de Reglita para llegar a la hermana. Pero sí, confieso que Reglita me atrapó. Era muy alegre, inteligente. Y cantaba. La verdad es que la pasábamos muy bien… Y mientras yo me recordaba de aquello cruzando por la esquina, llego a la casa de Reglita y miro bien… De repente se aparece una viejita, se me queda viendo y dice: «Ven acá, ¿tú no eres Juan Ernesto, el novio de Reglita? ¡Yo lo no puedo creer…!, pero ¿y usted dónde estaba?». «Es que yo no vivo aquí, señora, me fui para Venezuela». Bueno, y empezamos a conversar. Total que Reglita se había hecho médico de familia y estaba en el hospital. «Y todavía no ha hecho la especialidad. Usted sabe, mijo, cómo es la vida de los médicos, estudiar y trabajar como un esclavo para ganar una miseria». Y por supuesto, al rato me vino la pregunta lógica: «¿Y su hermana, Miriam?». Enseguida cambió de cara la abuela: «¿Miriam? esa sí que lo pensó bien, porque se casó con un italiano que la tiene como una reina». Yo me fui de allí pensando: ¡Dios mío, si la abuela, la matriarca de la casa, piensa de esa manera, esto no lo arregla nadie! La jinetera que no estudió nada vive en Italia y manda dólares, es lo máximo de la familia. En cambio, la médico que estudió tantos años, que tiene tanto trabajo y gana tan poco dinero, esa no sirve para nada. ¡Este país se jodió!

Juan Ernesto calló. Y en el breve silencio, una avalancha de recuerdos comenzó a colarse en sus pensamientos, y como la neblina, fue invadiendo cada espacio de su mente hasta borrar su entorno y transportarlo a otros tiempos.

Reglita

REGLITA TENÍA TRECE AÑOS y Miriam doce, aquella tarde del 4 de abril de 1980, cuando su papá, Felo Valdés, y su tío, Alberto Sánchez, en un arrebato inesperado atravesaron las puertas de la Embajada de Perú. No fue algo premeditado, sino una reacción a la increíble situación que sucedía en ese mismo instante delante de sus ojos y parecía imposible de creer. Se dieron cuenta de que si no entraban en ese preciso momento, perderían la oportunidad de escapar de Cuba. La avalancha humana era tal que la corriente los empujó tras la reja. Adentro eran tantos que apenas había espacio para pararse y sentarse. Algunos tuvieron que subirse a las ramas de los árboles. Era casi imposible caminar y para dormir se echaban en el suelo, unos sobre los otros. No había comida ni agua suficientes para los once mil cubanos que, en solo cuarenta y ocho horas, se habían acumulado allí.

Luego de veintiún días, Felo y su cuñado alucinaban del hambre. Pensaron que morirían. La situación era un total caos y el gobierno cubano comenzó a ofrecer «pases de conducta segura» a los que salieran de la Embajada. Felo y Alberto decidieron salir. Tenían mucho miedo, sabían que ya estaban en la lista negra y se preguntaban cuál sería su futuro. Tras ser procesados, recibieron el permiso para abandonar el país. Felo reunió a Norma, su esposa, y a sus dos hijas. Les explicó que afuera tendrían una mejor vida. Él se iría primero y les prometió que lo antes posible, cuando ya tuvieran dónde vivir, las iría a buscar. Reglita y su hermana Miriam habían visto con horror cómo trataban a los que habían decidido irse de la isla y les ponían un cartel en la puerta de sus casas que decía «escoria». Ellos mismos ya estaban identificados en la cuadra y a su paso les gritaban: «¡traidólares!». Las niñas eran humilladas en la escuela. Lo mismo le ocurría a su tía Joaquina, la esposa del tío Alberto, y a sus primos Rubén y Diana.

Felo llevaba ya dos semanas encerrado en casa y sin trabajo, cuando el 15 de mayo la policía tocó a su puerta. Le ordenaron que recogiera una muda de ropa y los acompañara. Felo sentía en su espalda la intensidad de la mirada de Reglita y volteó. Ambos encontraron sus ojos tristes en silencio. Las lágrimas corrían por las mejillas de la niña que, desconsolada, corrió a colgarse al cuello de su papá, con sus brazos como un salvavidas. Tenía el presentimiento de que esa sería la despedida.

A su llegada al Puerto de Mariel, los soldados armados con bayonetas recibían a los «gusanos» y los distribuían en filas. Luego pasaban a las embarcaciones que esperaban en el muelle y que sobrecargaban de tal manera que apenas dejaba espacio a los pasajeros para sentarse en el piso.

Felo y Alberto coincidieron en el mismo bote. ¡Qué suerte!, pensaron. Pero estaban muy equivocados. El bote era un pequeño yate pesquero de treinta y seis pies llamado *Olo Yumi*. A pesar de las protestas del capitán, cincuenta y cuatro pasajeros abordaron la embarcación. Entre ellos no faltaban unos cuantos locos, enfermos y presos de alta peligrosidad. El

Olo Yumi zarpó junto a otros treinta barcos. Había mal tiempo. A medida que se adentraban en el mar el oleaje se hacía más fuerte. Los pasajeros estaban mareados y comenzaron a vomitar. Las olas alcanzaban los doce metros. Felo y Alberto iban sentados en la proa y por instantes quedaban totalmente sumergidos. A mitad del camino, el pequeño yate no pudo resistir el sobrepeso y se hundió. De los cincuenta y cuatro pasajeros a bordo del *Olo Yumi*, diecisiete desaparecieron ahogados. Los demás fueron rescatados por otras embarcaciones, pero Felo y Alberto no tuvieron esa suerte y sus sueños de libertad quedaron sumergidos en las bravas aguas del mar Caribe.

Mucho le costó a Reglita recuperarse de la pérdida de su papá. Hasta que llegó su primer amor. Se llamaba Juan Ernesto Alonso Ruiz. Ambos estudiaban la secundaria, aunque Juan Ernesto iba un año más arriba. Él era un muchacho buenmozo, fornido y con una simpatía desbordante. Ella iba en vías de convertirse en una bella mujer. Su cabellera negra y brillante revoloteaba desordenada alrededor de una cara redonda y graciosa, siempre sonriente, animada por chispeantes ojos color miel. Su figura menuda y bien proporcionada llevaba el ritmo en todos sus movimientos. Y es que le encantaba la música, cantar y bailar.

Reglita tenía quince años cuando se empataron. Estaba feliz con su novio, del que estaba perdidamente enamorada. Pero un mal día le llegó a Juan Ernesto la citación del Servicio Militar. Tenía entonces dieciséis años. Estaba por terminar el undécimo grado y comenzar el preuniversitario.

—Yo no voy a entrar en el Servicio Militar.

—Pero Juan Ernesto, ¿y cómo vas a hacer?

—No sé.

—No entiendo por qué te citan si tú tienes tan buenas notas.

—Es que ahora se dieron cuenta de que los brutos no les sirven, sino los más preparados. Pero conmigo se equivocaron. Yo no voy.

Tenía que presentarse en un hangar de las Fuerzas Armadas Revolucionarias.

—¡Niño, deja de pensar tonterías! —le dijo Mercedes, su mamá—, aquí no hay más que hacer sino cumplir el Servicio Militar. —Y lo llevó.

Cuando llegaron al hangar, había cientos de muchachos esperando en la calle. Los metieron a todos juntos en un gran cuarto.

—Quítense toda la ropa —les dijeron.

Todos se quedaron como Dios los trajo al mundo y los pusieron a caminar uno detrás del otro en una fila larguísima. En aquel hangar había distintos puestos, cada uno con su doctor y su enfermera sentados en pupitres de madera. Las enfermeras tenían los expedientes de todos los muchachos, que habían sido traídos de las distintas escuelas. El expediente es un libro de vida que le abren a cada estudiante en primaria y pasa a la secundaria; lo mandan luego al Pre o al Comité Militar, después a la universidad y más tarde a las solicitudes de trabajo. Nadie tiene acceso a su expediente, se maneja de institución en institución y allí va reportado todo lo malo y lo bueno que uno ha hecho a lo largo de su historia.

En medio de aquella multitud desnuda, Juan Ernesto se sentía degradado, humillado a más no poder. Le decían: «¡Abre la boca, saca la lengua!», le ponían un aparato, aquí, allá. «A ver, ¿cómo está la vista?, ¿qué letra es esta? Le hacían exámenes de los ojos, de los oídos, de la garganta. Y Juan Ernesto se preguntaba para qué lo tenían desnudo. Lo iban parando de puesto en puesto, frente a los médicos de las distintas especialidades, hasta que llegó al último. Allí el doctor le ordenó:

—¡Voltéese! —le agarró las bolas y le dijo—: ¡Tosa! —La enfermera esperaba presta para anotar en el expediente—. No tiene hernia —dijo el doctor.

Lo pasaron a la próxima fila. Juan Ernesto observaba con horror cómo los muchachos delante de él eran llamados a la mesa del Jurado, donde unos militares gordos, todos ellos vestidos, a uno por uno le hacían la misma pregunta:

—¿Está usted dispuesto a cumplir misión internacionalista?

Todos respondían:

—¡Sí!

El oficial anotaba «sí» en el expediente y llamaba al próximo.

En la fila, Juan Ernesto pensaba: Dios mío, faltan tres y yo voy a decir que no. Faltan dos y yo voy a decir que no. ¡Falta uno y yo voy a decir que no! Todos decían que sí, porque el que decía que no, iba preso. Iré preso, pensó. No quería ser lo que su papá había sido. Entonces le llegó su turno:

—Juan Ernesto Alonso Ruiz, ¿está usted dispuesto a cumplir misión internacionalista?

Y él, todavía desnudo, respondió:

—No.

—¿Que qué? ¡Je, je!, Pero, ¿usted sa... mire lo que está diciendo: ¡que no!

Y él repitió:

—No

—¡Vaya para allá! —ordenó el militar.

Se levantó uno y lo llevó para la oficina. Allí había un asmático que se estaba ahogando, un diabético que se inyectaba insulina y el tercero era Juan Ernesto, que no tenía nada, pero había dicho que no, había que analizar por qué. Después de algunas deliberaciones, concluyeron que debían pasarlo a un Tribunal Militar porque el muchacho tenía «problemas ideológicos». Al fin le permitieron vestirse.

Acudió entonces a la cita en el Tribunal Militar, donde fue de nuevo interrogado, esta vez con ropa.

—Juan Ernesto Alonso Ruiz, nacido precisamente el 3 de octubre de 1965, día de la fundación del Partido Comunista de Cuba: ¿se puede saber por qué usted no quiere ir a cumplir misión internacionalista? ¿Es que usted no está dispuesto a defender su patria?

—Sí, sí, yo estoy dispuesto a defender mi patria si vienen a invadirnos aquí, pero no estoy dispuesto a ir a combatir en Angola ni en Etiopía. Los problemas de otros países son de otros países.

El oficial enfureció.

—¿Cómo puede ser posible que usted, hijo de Camilo Alonso, mártir de la revolución, escolta del *Che* Guevara, que murió sirviendo los ideales de su líder, no esté orgulloso de su padre y se niegue a ser internacionalista?

—Es que yo lo que no quiero es ser como mi papá, que por unas ideas dejó a su mujer viuda con tres hijos huérfanos.

Determinaron que Juan Ernesto tenía «problemas psiquiátricos» porque no era lógico que pensara así y fue remitido entonces al Tribunal Médico.

Juan Ernesto se presentó a la cita. Mercedes y Reglita esperaban afuera el resultado de la entrevista. Después de un rato, apareció un oficial y anunció:

—Señora, su hijo presenta un «estado depresivo grave» y por lo tanto será referido al Hospital Militar para someterse a un tratamiento psiquiátrico.

Mercedes no paraba de llorar. Lo metieron en una sala con unos soldados que habían llegado de Angola y Etiopía con fuertes traumas y depresiones. Tal cual un manicomio. Las enfermeras venían con pastillas sedantes. Juan Ernesto hacía como que se las tomaba y en un descuido las escupía. Pero a veces lo obligaban a tragárselas y se ponía como un zombi.

Luego, comenzaron a aplicarle un tratamiento de acupuntura que le resultó de lo más interesante. Cada tres o cuatro días volvían a entrevistarlo, haciéndole la consagrada pregunta:

—¿Está usted dispuesto a cumplir misión internacionalista?

A la que Juan Ernesto seguía respondiendo:

—No.

Le permitían visitas dos veces a la semana. Cada vez que Mercedes iba, intentaba que su hijo entrara en razón. Era inútil. Ya llevaba recluido más de un mes. Era como una prisión de la que no podía salir. Pero Reglita no se daba por vencida y buscaba desesperadamente alguna solución. Hasta que una tarde llegó contenta a la visita.

—Oye, Juan Ernesto, ¿te acuerdas de mi amigo Ramiro? Bueno, su hermana es médico psiquiatra y descubrí que ella trabajó hace unos años en el hospital de Sagua. Yo estuve hablando con ella y le conté tu caso. Ella dice que podría conseguir unas planillas del hospital, armar una historia médica de cuando el accidente de tu papá y preparar un reporte donde conste que tú tuviste un problema psiquiátrico a raíz de su muerte. Eso justificaría tu actitud.

—¡Ay Reglita, eres un genio! ¡Gracias! —la abrazó, la besó.

—No me des las gracias, que lo hago por mí —se encogió de hombros, ladeó la cabeza y sonrió—. Es que te quiero.

Con esos papeles lograron demostrar que Juan Ernesto no estaba apto para el Servicio Militar. Al fin, le dieron la baja y salió del hospital. Todavía quedaba un problema por resolver: en el expediente constaba que había estado hospitalizado por «estado depresivo grave» y con ese récord nunca lograría entrar en la universidad ni conseguir un trabajo. Había que pagar a alguien para que hiciera desaparecer ese capítulo de su carpeta. Y así se hizo. El expediente de Juan Ernesto quedó limpio y pudo ingresar sin problemas en el Instituto Superior de Arte.

Por su parte, Reglita estaba muy segura de su vocación y logró ser admitida en la Escuela de Medicina de la Universidad de La Habana. Tenía puntos suficientes y había cuidado bien su respuesta en las dos preguntas obligatorias: «¿Usted cree en Dios?», «¿tiene usted familia en los Estados Unidos?». Una respuesta afirmativa a alguna de estas dos interrogantes era suficiente para perder cualquier oportunidad de estudio o trabajo. Pero el destino impidió que Reglita comenzara la universidad. Su mamá cayó gravemente enferma, no podía valerse por sí misma, había que bañarla, cargarla, darle la comida, las medicinas.

—Reglita, mija, —apuntó la abuela— yo, con este reuma y estos dolores en las piernas no estoy para andar haciendo esfuerzos, así que tú no vas a poder meterte a estudiar nada porque tienes que cuidar a tu mamá.

—Espérate un momentico, abuela, cómo que *yo* tengo que cuidar a *mi* mamá. Yo tengo una hermana. Miriam puede cuidar a *nuestra* mamá por la mañana mientras voy a clases y yo la cuido en la tarde.

—¡Aja! —saltó Miriam—, ¿y tú me vas a decir quién va a traer los dólares? ¡No, chica, tú ocúpate de mamá! ¿No te gusta la Medicina? Bueno, así vas practicando.

Miriam, la jinetera, sacaba provecho de los dones que le había regalado la naturaleza, que estaban todos de la cabeza para abajo. Trabajaba en «turismo». Era el nombre que se le daba al oficio al que Miriam se dedicaba, ofreciéndose como dama de compañía a ejecutivos que llegaban a La Habana por asuntos de negocios. Sus atribuciones iban desde acompañarlos a un restaurante o a una fiesta, hasta acostarse con el cliente, en caso de que dicho servicio le fuera requerido. Claro que, de vez en cuando, Miriam era generosa con sus amigos cubanos y les regalaba unos momentos de placer sin costo alguno, a lo que era difícil resistirse, como le sucedió a Juan Ernesto cuando Miriam se le insinuó. Una tarde, Reglita estaba con su mamá en el médico cuando Juan Ernesto llegó a la casa preguntando por ella. Allí estaba Miriam, de apenas quince años, recostada de la puerta, con su par de bien torneadas piernas semiabiertas, montada sobre unos zapatos de tacón alto. La de Miriam era una belleza salvaje, sensual, muy diferente de la de Reglita, que era tierna y reposada. La cadera, tumbada a un lado, acentuaba la curva de su fina cintura. Su melena suelta y rizada caía como una cascada violenta, enfurecida, tapándole un solo hombro, mientras el otro, totalmente descubierto, delataba que debajo de aquella breve franelilla *straple* no había sostén. Miriam lucía como una modelo extranjera, de esas que Juan Ernesto había visto en alguna revista de afuera, una de las pocas que lograban colarse clandestinamente de las manos de turistas a las de los estudiantes cubanos, y que forraban con papel periódico para que pasaran inadvertidas a los ojos del vigilante de CDR o de algún otro ojo delator.

¡Qué mujer! pensó Juan Ernesto, mientras ella se pasaba la lengua por los rojos labios y le regalaba una resplandeciente sonrisa.

—Juan Ernesto, ¡dichosos estos ojazos que te ven…!

—¡Ah, Miriam, eres tú! Yo pensé que era una de las bailarinas de Tropicana, pero me decía, ¡no, no, no, de Tropicana no!, esta mujer se ve mucho más refinada, como de París, como esas modelos bellísimas que hablan francés o italiano.

—*Mon amour, mio amore…* yo te hablo lo que tú quieras, precioso.

Juan Ernesto se le fue acercando y reparando en cada centímetro de aquel cuerpo, la rodeo con lentitud.

—¡Muchacha, es que cada día te pones más bonita!

Miriam se le plantó enfrente, le tomó la cara con sus dos manos y le dio un beso profundo y húmedo en la boca. Juan Ernesto, sorprendido, instintivamente apartó la cara.

—¿Buscabas a Reglita?

—Mmm, pues sí…

—No está, ni ella ni nadie en esta casa. Todas se fueron al hospital con mamá… Y se van a tardar horas porque hoy le toca tratamiento.

—Ah, bueno, entonces, pasaré más tarde…

—Pero ven acá, precioso, ¿cuál es el apuro? —se le acercó, le tomó la mano.

Juan Ernesto se estremeció ante el roce de su piel. Podía sentir su olor.

—Entra un ratito y nos tomamos un café. Aprovecha que yo tengo la tarde libre, mira que eso no es todos los días.

Y Juan Ernesto tuvo claro que aquella oportunidad no era fácil de repetir. No fue café lo que tomaron, ni un ratito el tiempo que estuvieron los dos solos en la casa. Hasta que sintieron ruidos en la puerta y Reglita entró. Estaba sola. Su mamá iba a pasar la noche en el hospital porque su condición era inestable. La abuela se había quedado acompañándola. Reglita venía a buscarles algo de ropa. Escuchó, vio y no dijo una palabra. Recogió las cosas y salió.

Una semana entera duró Reglita sin hablarle a Juan Ernesto, hasta que, de tanto insistir, aceptó verlo.

—Duele demasiado, Juan Ernesto.

—Reglita, yo sé que tú no te mereces esto, perdóname. Yo a ti te adoro, de verdad. Miriam no se puede comparar contigo.

—No, no, por supuesto que no, eso siempre lo he tenido muy claro. Y bastante que me lo recuerdan en esta familia.

—No, no quise decir eso. Es que tú vales mucho más, eres inteligente, culta, divertida… Esto fue un desliz, un arrebato, un momento de locura. Perdóname Reglita. Tú más que nadie sabes que tu hermana Miriam es pura fachada… ¡pero qué clase de fachada! Entiéndeme, niña, cualquiera se resbala ante tal monumento…

—¡Ay, Juan Ernesto! mejor no sigas que cada vez la cagas más. Olvídate de mí, chico, y haz lo que te dé la gana, que ya yo a ti te olvidé para siempre.

Eso dijo Reglita, pero nunca pudo olvidarlo. Dos años completos estuvo al cuidado de su mamá, hasta que la enfermedad ganó la batalla. Un par de meses después, su hermana Miriam se casó con un italiano y se fue a vivir a Europa. Y Reglita, al fin, pudo ingresar en la universidad.

—¡Pero niña! —le decía su abuela Caridad— ¿estás segura que a ti te conviene estudiar Medicina? Eso es mucho tiempo perdido. Mira a tu hermana lo bien que se resolvió.

—¡Ay, abuela, ni me la nombres!

—Bueno, bueno, allá tú, después no te quejes.

Mientras Reglita estudiaba el primer año de Medicina, Juan Ernesto se enamoró de Beatriz y cuando estudiaba el segundo año, se empató con Victoria, y cuando estudiaba tercero y cuarto, era novio de Raiza.

Cuando Reglita comenzaba su quinto año de Medicina fue a ver una obra de teatro en la que trabajaba Juan Ernesto, quien ya había terminado sus estudios en el Instituto de Artes Escénicas. Tenía dotes, reconoció Reglita, era francamente divertido y se movía en el escenario con soltura y desparpajo. La actuación era lo suyo. Juan Ernesto se alegró de ver a Reglita y al final de la obra la invitó a pasear. Conversaron, se rieron, cantaron. Llegaron caminando hasta la casa de Reglita. Juan Ernesto practicaba sus técnicas de conquistador y no le fue difícil volver a enamorar a su primera novia, que a sus veinticinco años se había convertido en una mujer muy interesante. Por suerte, la abuela estaba en Pinar del Río visitando a una prima. Reglita lo invitó a entrar.

Fueron tiempos de gran felicidad que ambos supieron disfrutar, conscientes de que no serían duraderos. Sabían que apenas ella se graduara de médico, le tocaría cumplir el Servicio Social Obligatorio. Ese día no tardó en llegar.

—Me mandan a la provincia de Camagüey —anunció Reglita con los ojos aguados.

—Eso es muy lejos de La Habana…

—Ya lo sé. Me voy mañana.

—¿Y yo cómo voy a sobrevivir sin ti? —le preguntó apretándola contra él por la cintura.

—Al contrario, estoy segura de que te será más fácil la vida.

—No digas eso, Reglita, tú sabes que yo a ti te adoro y …

—Nada, Juan Ernesto, no digas nada. En dos años suceden muchas cosas. Los dos sabemos que lo nuestro dura hasta el instante en que yo me vaya. Así que no me prometas nada.

—Está bien… de mañana en adelante. Pero hoy te prometo que esta noche no la podrás olvidar jamás.

—Será nuestra despedida.

La oportunidad

LOS AMORES DE JUAN ERNESTO y Reglita terminaron. Ella se fue para Camagüey a cumplir su Servicio Social y él permaneció en La Habana dando clases en el Instituto de Arte. Para entonces, Juan Ernesto vivía cerca de Diana y Rubén Sánchez Quintana, los únicos (y muy queridos) primos que tenía Reglita, y a quienes Juan Ernesto conocía bien. En efecto, era gran amigo de Rubén a pesar de que los separaba toda una década.

Eran los tiempos del Período Especial. La crisis económica arreciaba en Cuba a raíz del colapso de la Unión Soviética. La calidad de vida alcanzaba niveles tan bajos que gran parte de los cubanos estaban desnutridos. Pero, de todos los males, el peor, el de siempre, era la falta de libertad.

La desesperación llevó a muchos jóvenes a intentar escapar de la isla. Entre ellos, Rubén. Una vez que lo decidió, fue a ver a su amigo Juan Ernesto para invitarlo a huir con él. Pero ni hablar, a Juan Ernesto no le gustaba el agua.

—¡Ni loco, Rubén! A mí, del mar, ni el pescado. Yo soy actor, el mejor oficio para el que vive en este gran teatro. Soy capaz de representar cualquier papel menos el de náufrago. Suficiente con vivir en esta isla rodeada de agua por todas partes, para meterme en una balsa mínima, no solo rodeada de agua, sino de tiburones por todas partes. Yo te agradezco, Rubén, que me hayas invitado, y aunque yo ni muerto me monto en una balsa, te prometo que te ayudo en lo que pueda.

Juan Ernesto estaba pendiente y casi todos los días visitaba a Rubén para saber cómo iban sus planes. Diana comenzó a interesarle. La invitaba a comer helado, al cine, al teatro. En pocos días ya estaban empatados. De la balsa no se hablaba, ninguno se daba por enterado. Aparentar, ocultar, disimular, eran verbos que a diario se practicaban.

Diana había estudiado turismo y trabajaba en el Hotel Nacional, donde disfrutaba del gran privilegio de la internet. Juan Ernesto le pidió que averiguara si había alguna oferta para profesores en el extranjero. Con cuidado de no ser descubierta por sus compañeros, la muchacha se dedicó a indagar y encontró que la Universidad Central de Venezuela había abierto un concurso internacional buscando un profesor para dictar un taller de expresión corporal en la Escuela de Teatro de Caracas. Aquello era perfecto para Juan Ernesto. Le pidió el currículum y lo metió. Pocos días después recibió la respuesta.

—¡Ganaste, Juan Ernesto, te vas a Caracas! —le dijo Diana, entregándole la planilla para la admisión.

—¡No lo puedo creer…! ¡Voy a viajar, a salir de Cuba! Déjame ver… seis meses prorrogables… Está muy bien.

Al terminar el Servicio Social, Reglita regresó a La Habana. Fue entonces cuando se enteró, por boca de su amigo Ramiro, de las dos noticias.

—Juan Ernesto está empatado con tu prima.

—¿Con Diana?

— Sí, con la única que tienes. Y parece que se va para Venezuela

—¿Quién, Juan Ernesto?

Reglita fue a ver a Diana.

—¿No estarás brava conmigo, prima?

—No, Diana, no te preocupes, ya nosotros no tenemos nada ¿Es verdad que Juan Ernesto se va para Venezuela?

—Ganó un concurso para dictar un taller en una universidad en Caracas. Pero el contrato es solo por seis meses.

Reglita no pudo esconder su desencanto.

—Juan Ernesto no regresa, Diana. Te lo digo yo. No regresa.

Rubén y la balsa

⚭

—Me voy, Diana, ya lo decidí —dijo Rubén—, vamos a construir una balsa. Cinco amigos y yo. No me preguntes nada, solo dime si te vienes conmigo.

Diana sintió un escalofrío. Recordó, como si fuera ayer, el día en que desaparecieron ahogados su papá y su tío Felo, cuando trataban de escapar de Cuba durante el *Mariel*. Rubén tenía cinco años y ella seis. Ese día, haciendo una cruz con sus dedos, los hermanos juraron dos cosas: que aprenderían a nadar y que escaparían de Cuba.

Catorce años más tarde, a sus veinte, Diana no había cumplido siquiera el primer juramento. No sabía nadar y tenía terror a los tiburones. Dijo que no.

—Si tú no vienes, nada sabes. Y nada más sabrás —respondió Rubén.

Diana le prometió guardar el secreto y esta vez sí cumplió. No le preguntó quiénes eran los cinco amigos ni dónde construirían la balsa ni cuándo se irían. Era la ley de supervivencia en Cuba, no preguntar. Cuanto menos supiera, más seguro era para Rubén y también para ella.

Jamás imaginó Diana que Magaly, su mejor amiga, y su esposo Raúl, también planeaban escaparse en aquella balsa. Hablaba con ella a diario y durante los cuatro meses que duraron los preparativos, ninguna de las dos mencionó nada al respecto.

Los cinco amigos colaboraban según sus posibilidades. Uno de ellos tenía un tío carpintero y le pidió que le fabricara unos remos. Otro desarmó una cama y trajo las tablas. Recolectaron materiales flotadores y todo eso lo fueron guardando en un falso techo improvisado en la azotea del apartamento donde vivían Raúl, su esposa y su suegra. Magaly se ocupaba de vigilar que nadie se enterara de lo que hacían. Aprovechaban el horario de ocho a cinco de la tarde, cuando la mamá de Magaly estaba en el trabajo. A las cuatro todo aquello quedaba recogido.

La idea era armar la embarcación en el apartamento de Raúl y, cuando estuviera lista, desarmarla para llevarla a una casa en la playa que tenía la familia de Rubén desde antes de Fidel y no se la habían quitado. Tenían la suerte de que estaba situada muy cerca del mar y esto les facilitaría la salida, pero había que apurarse porque a finales de agosto comenzaba la época de ciclones y huracanes.

Todo se hizo como se planeó. En menos de cuatro meses la balsa estuvo lista. Consiguieron un camión prestado donde transportaron las piezas desarmadas y armaron de nuevo la balsa en la casa de la playa. No había forma de probarla sin riesgo de ser descubiertos, solo les quedaba confiar en que la precaria embarcación resistiera el viaje con sus seis pasajeros a bordo. Los nervios estaban caldeados luego de los recientes acontecimientos del Maleconazo, el primer alzamiento contra el gobierno desde que se había instalado la Revolución.

El 18 de agosto de 1994, los futuros tripulantes de la balsa ya estaban listos para echarse al agua. Pautaron la salida para las nueve de la noche, la hora de la novela en Cuba, cuando todo el mundo estaba concentrado frente a la pantalla del televisor sin ocuparse de nada más. Aquella tarde, antes de irse, Rubén habló con Diana.

—Esta noche nos echamos al agua. Justo a la hora de la novela. Deja pasar una hora para dar tiempo a que hayamos remado suficiente y estemos lejos de la costa. Entonces, como a las diez, le avisas a mamá que nos fuimos para que ella haga una llamada a Estados Unidos y mi tío nos espere allá. —Rubén y Diana se despidieron en un triste abrazo—. Cuando yo sea libre, vendré a buscarlas a ti y a mamá —prometió.

Se reunieron a las ocho en la casa de la playa. Entre todos habían recolectado los alimentos que llevarían a bordo. Huevos duros, pan tostado, miel y agua potable. Los planes se iban cumpliendo con absoluto rigor. A las nueve en punto los cinco hombres se alistaron para cargar sobre sus hombros la embarcación. A las nueve y diez salieron de la casa camino a la playa. Magaly iba detrás llevando los alimentos. Una vez en la orilla, echaron la balsa al agua y se montaron uno por uno. Solo faltaban por abordar Raúl y su esposa cuando Magaly, abrazada a su marido, rompió en llanto.

—¡Mi amor, yo no me puedo ir! —exclamó.

—¿Cómo que no te puedes ir? Óyeme, tú te vienes y se acabó.

—Raúl, mi vida, es que, hay algo que tú no sabes… estoy embarazada. Tengo casi tres meses.

—¿Que qué? ¿Qué tú me estás diciendo, Magaly? ¿Cómo que embarazada?

—Sí, mi amor, es verdad. No te lo quise decir porque si lo sabías, seguro te quedabas, y si no te vas ahora, nunca más vas a poder salir de aquí. ¡Escápate, Raúl, vete!

—¡Pero Magaly! ¿Cómo tú me haces esto?, ¿cómo te voy a dejar aquí, así embarazada? ¡Yo no puedo!

Desde el agua, los compañeros le gritaban:

—¡Vamos, Raúl, móntate, apúrate, no podemos esperar!

Pero Raúl, desconsolado, se mantenía firme en su lugar. Hasta que Rubén saltó de la balsa y jaló a Raúl por el brazo. Magaly lo empujó y gimiendo le dijo:

—No me lo hagas más difícil, mi amor. ¡Anda, móntate ya!

Al fin a bordo, Raúl lloraba como un niño.

—Perdóname, Magaly, yo te prometo que volveré a buscarte. ¡Te amo! ¡Te quiero, perdóname!

Apurados, comenzaron a remar con todas sus fuerzas. Magaly quedo sola mirando desde la orilla. Y a medida que aquellos cinco hombres se alejaban y se hacían cada vez más pequeños, su soledad y su desconsuelo se volvían más y más grandes.

De pronto sintió la presencia de un hombre a su lado. Era un policía.

—¿Tú los conoces? Preguntó señalando la balsa que ya se veía como un punto en la distancia.

—No.

—¿No viste si llevaban niños o mujeres embarazadas?

—No llevaban. Eran cinco hombres.

—¡Ah, entonces los dejamos ir!

Magaly volteó sorprendida.

—¿No oíste a Fidel? Las costas están abiertas. Que se vaya el que quiera abandonar a Cuba. Nadie será detenido, a menos que lleve niños o mujeres embarazadas.

Los cinco balseros no se enteraron de aquella noticia. Vivieron cuarenta y ocho horas de angustia y tormento. Sufrieron los embates de las olas, la inclemencia del viento y el sol, la amenaza de los tiburones. Sintieron sed, hambre, cansancio y miedo. Pero lograron coronar su sueño de llegar a salvo a suelo norteamericano.

El cuento completo

ERA TANTA LA HUMEDAD que se había acumulado en *La Nube*, que la lluvia se hacía inminente. Los excursionistas apuraron la cena para retirarse pronto a sus carpas. El día había sido largo y estaban todos cansados. Pero Matías les pidió unos minutos para dar las instrucciones del próximo día.

—Mañana, como es el último día y la caminata es corta, desayunaremos a las ocho para comenzar a caminar a las ocho y media. Las camionetas nos estarán esperando al cruzar el páramo para llevarnos a Gavidia.

Todos se retiraron a sus carpas, menos Enrique y Juan Ernesto que se quedaron conversando en el corredor. Estaba oscuro. Cada quien portaba en su frente una linterna. La niebla era tan espesa que apenas se reconocían las caras. Saúl terminaba de recoger los platos cuando Juan Ernesto lo llamó.

—Saúl, por favor, acércate aquí. Queremos que nos cuentes la historia de esta casa.

—Yo lo único que sé es que esta es la casa del arquitecto… Mejor dicho, *era*.

—¿Cómo que *era*?

—Es que ahora es de Irene, la maestra.

—¿La maestra? ¿La que vimos hace unos días en la casa de la loma?

—Sí.

—¿Estás seguro?

—Sí. Se la dejó su compadre, el arquitecto.

—¿Su compadre?

—El arquitecto es el padrino del niño. Él nació aquí en *La Nube*.

—¿Y entonces el niño de quién es? ¿Quién es el papá? ¡Echa el cuento completo, Saúl! —dijo Enrique.

—Bueno, la historia es que aquí vivía el arquitecto con la niña Arleny. Digo niña porque era muy jovencita, hasta podía ser su hija… Ella se mudó con él para la casa hace como ocho o nueve años. A media semana el arquitecto se iba a Mérida porque era profesor, pero la niña se quedaba todo el tiempo aquí y le cuidaba los animales y las siembras. A veces los dos salían en la camioneta. Una vez volvieron con la maestra Irene que estaba escapando del marido, pero ya venía preñada. Esto me lo contó la maestra. El arquitecto es de poco hablar. Cuando eso, el camino de los muleros estaba retirado de *La Nube* y solo veíamos a esta gente cuando necesitaban algo de nosotros los muleros y se acercaban al camino. Después de que el niño nació, Arleny se fue con el arquitecto a Mérida y no volvió más. La maestra se quedó sola con su niño y muchas veces venía al camino para encargarnos cosas para su hijo. Siempre nos traía jalea que ella preparaba. La maestra es una buena mujer. A veces hasta nos curaba si teníamos algún malestar. Estaba pendiente de cuando pasábamos y subía con el niño a saludarnos, a ver si necesitábamos de su ayuda. Mucha gente de los caseríos comenzó a ir donde la maestra cuando se enfermaban para que los reconociera. Las mamás también le traían a sus niños… es muy buena con ellos porque es maestra. Por eso Irene nos pidió que mudáramos el camino más cerca para poder atendernos mejor. Desde entonces pasamos cerca de *La Nube*.

—¿Qué pasó con el arquitecto?

—Al tiempo que nació el niño se fue para Mérida y dejó de venir. La maestra se quedó sola con su hijo. Nosotros le llevábamos algunas cosas cuando necesitaba.

—¿Y desde cuándo está en la loma?

—Tiene allá como dos años. Fue a cuidar a doña Guillermina, nuestra vecina, que vivía sola y estaba viejita y enferma.

—¿Cómo fue a dar tan lejos?

—Un día que pasé por *La Nube* le pegunté si ella podía irse a cuidar a doña Guillermina, que nosotros la ayudaríamos. Me dijo que sí. Yo mismo los llevé. Doña Guillermina estaba contenta y le pagaba algo porque ella tenía unos realitos que le había dejado su marido. La maestra era muy buena con ella. Tan buena que cuando la pobre viejita murió, le dejó su casa y los animales que tenía. La maestra estaba muy triste, se había encariñado con ella, hasta el niño, que ya tiene cinco años, la llamaba abuela. Hace una semana enterramos a la vieja...

Saúl se quedó pensando un momento y continuó.

—¿Se acuerdan del hombre del sombrero que nos pasó en la mula por el camino?

—Sí.

—Ese era el arquitecto.

—¿El arquitecto? ¿El de *La Nube*?

—Sí, venía de visitar a su comadre y al ahijado. Se pasó dos días allá. Se fue a despedir porque se va a vivir lejos, a Chile, me parece. Vendió hasta la camioneta, dijo que no vuelve más.

—Entonces, ese *es* el arquitecto... —repitió sorprendido Enrique.

—Sí. Él fue el que nos dejó la chimenea prendida. Después siguió su camino. Ya no vuelve.

Saúl hizo una pausa y continuó.

—Mañana, la maestra y su hijo regresan a *La Nube*. Los va a traer mi hermano José en la mula.

Todos quedaron en silencio. Saúl se despidió.

—Qué historia tan increíble, ¿no? —comentó Enrique.

Miró alrededor, pero nada se veía. La casa, toda ella, parecía llena de fantasmas. La neblina resplandecía a la luz de las linternas y se diluía en la oscuridad de la noche. Afuera llovía.

—Estamos rodeados de almas y paredes… —murmuró Enrique—, y tras un breve silencio dijo —Yo me voy a dormir. Hasta mañana.

Juan Ernesto quedó solo y con la débil luz de su linterna alumbró la foto que sacó de su bolsillo. Miró aquella cara, aquellos ojos, aquella sonrisa, aquella mujer que sostenía un bebé en sus brazos.

El encuentro

～◦～

EL MULERO DEJÓ A IRENE Y A SU HIJO en la entrada de *La Nube*. Ella miraba el entorno, cautelosa, buscando vestigios del paso del tiempo. Todo lucía igual que hacía dos años. El pantalón colgaba intacto delante de la ventana. Sonrió. El pasto verde, las flores moradas, los frailejones y la neblina. Solo las siembras se habían perdido y ya no había animales. Pero pronto los habrá…, pensó Irene.

Se dirigió al corredor de la entrada. «Se agradece no dañar esta casa ni sus alrededores», leyó sobre el dintel. Como siempre, la puerta estaba sin llave. Irene soltó los dos bolsos que traía en el piso, empujó la puerta y entró. El niño caminaba detrás de ella con el cachorro en los brazos. Irene sentía que su corazón palpitaba acelerado por la emoción y los recuerdos. Todavía calentaban el ambiente los restos de brasas de la noche anterior. La hamaca blanca, en la esquina, colgaba donde mismo la había dejado. Sonrió al recordar lo difícil que había sido acostumbrarse a dormir en ella. Pero era la alternativa a compartir la cama con Arleny y el profesor.

Los letreros habían cumplido su propósito, en la cocina

todo estaba en su lugar. Los frascos de vidrio con sus hierbas secas descansaban ordenadamente en la repisa.

El niño corrió hacia la hamaca y exclamó:

—¡Mi cama! —y comenzó a mecerse con el cachorrito en las piernas. Luego, puso el perrito en el piso, se levantó y se dirigió hacia la puerta.

—¡Ven, Padrino! —llamó— y ambos salieron al jardín.

De pronto, Irene escuchó unos pasos en el ático. Volteó hacia la escalera y observó. El hombre que bajaba lentamente los empinados escalones se fue haciendo poco a poco visible. Pies, piernas, torso, manos, brazos, hombros, cuello y cara. Y cuando estuvo abajo, todo entero, se plantó en frente. Ambos se miraron incrédulos.

—Reglita —murmuró él.

Ella no pudo pronunciar palabra, pero lanzó sus brazos al cuello de aquel hombre y ambos permanecieron así, atados en un abrazo tan lejano como el pasado, tan cercano como el presente, tan intenso como sus recuerdos, tan irreal como *La Nube* que los envolvía.

—¿Mamá, por qué estás llorando? —preguntó el niño.

Reglita se secó las lágrimas con el dorso de su mano.

—Ven hijo, que te voy a presentar un gran amigo.

Juan Ernesto se agachó. Le tomó las manos.

—¡Uy!, qué niño tan guapo y tan grande, ¿cómo te llamas?

—Juan Ernesto.

Irene

LA NOCHE LLEGÓ y Reglita y Juan Ernesto continuaban sentados en el corredor, revolviendo pasado y presente.

—Poco tiempo después de que tú te fuiste de La Habana me casé con Ramiro, que ya era médico, como yo. No quisimos tener hijos esperando si nos salía alguna misión a los dos juntos. Pero a él le salió primero. Lo mandaron a El Salvador y no volvió. No era que me importara tanto, la verdad es que nunca estuve enamorada de él. Yo lo que quería era venir a Venezuela. La Virgen de Regla me ayudó y en marzo de 2002 me enviaron a la Misión Barrio Adentro en Caracas...

»No es nada fácil la vida en el barrio de Petare. Allí uno está rodeado de miseria, inseguridad, carencias de todo tipo. Como Barrio Adentro estaba empezando, todavía no había construido el módulo y recibíamos a los pacientes en un consultorio improvisado en un rancho. A los cuatro médicos cubanos nos alojaron en casas de familia en el mismo barrio. La pobre señora Eloísa tuvo que mudarse a la habitación donde dormían su hija y su nieta para darme su cuarto. Viven en pésimas condiciones en esos ranchos de Petare. Pero hay algo valioso que tienen todos los venezolanos, incluso los más pobres: es la libertad. Pueden salir, entrar, hablar, comer, leer libros y revistas, ver televisión, reunirse cuando quieran y con quien quieran. En cambio, los médicos cubanos no la tenemos en Cuba ni fuera de Cuba, porque donde quiera que estemos, nos tienen constantemente vigilados… Con quién te reúnes, de qué hablas, a dónde sales, a qué hora y con quién...

»Así que un día lo decidí. Voy a ser libre. Me fui al módulo como cualquier mañana, cumplí con mi trabajo y regresé a la casita de la señora Eloísa, donde yo vivía. Por suerte no había nadie, ella y su hija habían bajado a Caracas a comprar unas cosas. Agarré mi bolso. Pensé muy bien lo que iba a meter porque sabía que no iba a volver. El bolso era pequeño y tenía que escoger solo lo que tuviera más valor para mí. Al final, sin saber por qué, metí los folletos de los cursos de primeros auxilios, como si aquello me sirviera de diploma para ejercer la medicina. Absurdo, ¿no? Con mi bolso salí apurada. Una vecina me preguntó para dónde iba. Le dije que la señora Eloísa me había llamado al celular para que le llevara algo de ropa al Hospital Pérez Carreño porque iban a operar de emergencia a su tía. Me creyó. Hasta le pidió al hijo que me bajara en su *jeep*. Eran como las seis de la tarde. Yo estaba tan nerviosa que me temblaban las piernas, creía que en cualquier momento me iban a parar. Ya me veía de vuelta en Cuba, castigada por traición a la patria, o presa. Nunca había sentido tanto miedo… Pero todo salió bien. El vecino me dejó abajo. Cogí mi camioneta hasta la estación del metro. No sabía para dónde ir. Salí en Chacaíto, deambulé por ahí, me comí una arepa, llegué caminando a la plaza Altamira y me senté en un banco. Pensaba que a esa hora ya habrían notado mi ausencia en el módulo de Barrio Adentro. Seguramente lo habrían reportado al coordinador de la Misión y estarían buscándome. Ya habrían sido interrogadas la señora Eloísa y su hija Carolina.

Pobres inocentes, nada sabían ninguna de las dos mujeres con las que yo vivía en aquel rancho.

»A las cinco de la madrugada cogí un taxi hasta la terminal de autobuses. Allá decidí que me iba para Mérida. ¿Por qué? Porque está más cerca de Colombia. Muchos han huido por la frontera.

»Estaba segura de que lograría escaparme. Si la Virgen de Regla había escuchado mis ruegos para sacarme de Cuba, no me iba a abandonar ahora que estaba a punto de conseguir mi libertad. Al encontrar a mis salvadores en el autobús, entendí que la Virgen me protegía. Fue el folleto de *Cómo atender un parto en emergencia* el que me llevó a *La Nube*. Sentí un gran alivio, sabía que aquí estaría segura. Y sería libre.

Reglita guardó silencio mientras sus dedos se aferraban a la pequeña medallita que colgaba de su cuello.

—Hace mucho frío —dijo.

Entraron. La chimenea mantenía caliente el pequeño recinto. El niño dormía en la hamaca, tras el parabán de esterilla que cerraba el espacio que había servido de cuarto a Reglita durante siete meses. Subieron. Se acostaron en la gran cama. A través de la ventana la silueta del pantalón se mecía suavemente al compás de la brisa.

—Parece que estuviera vivo —comentó Juan Ernesto mirando el pantalón.

—¡Está vivo! —respondió Reglita, recostando la cabeza sobre el pecho de su amigo, que continuaba hipnotizado mirando el *blue jean*.

—Me trae tantos recuerdos… es que es igualito al mío.

—*Es* el tuyo.

—¿Tú lo trajiste de Cuba?

—Fue lo primero que metí en mi maletín.

—¿Por qué?

—Porque ese «pantalón de fuera», como tú lo llamabas, me enseñó que lo importante es luchar por lo que uno quiere. Ese *blue jean*, para mí, significa libertad.

Nos vamos

⮑⮏

CUANDO JUAN ERNESTO DESPERTÓ, estaba solo en la cama. Miró su reloj. Eran las siete y media de la mañana. Un halo de luz amarilla entraba por la ventana. Con una sonrisa saludó a su pantalón, se levantó y bajó la escalera.

En la esquina, el niño se mecía en la hamaca. De día, la esterilla descansaba recogida a un lado de la pared. Unos pasos más allá, frente al fogón de la cocina, Reglita cantaba un bolero mientras preparaba el desayuno.

Juan Ernesto caminó en puntillas y se sentó, sin hacer ruido, en un taburete cerca del niño.

—¡Hola, tocayo! —le dijo en secreto, y puso su dedo índice sobre la boca en señal de silencio.

Cuando terminó la canción, Juan Ernesto dijo en voz alta:

—¿Sabes, tocayo? Yo tenía una novia que se llamaba Reglita y cantaba tan bonito como tu mamá.

—¿Reglita? ¡Qué nombre tan raro…! —comentó el niño.

—Sí, es un nombre diferente, pero con mucha personalidad.

Reglita escuchaba divertida aquella conversación.

—Qué tú piensas, Irene, ¿te gusta el nombre de Reglita?

—A mí sí, pero no conozco ninguna.

Los dos rieron.

—Ven hijo, aquí tienes tu arepa, y por favor, te tomas toda la leche.

El niño se paró de la hamaca, cogió su plato, su vaso y salió a comer en el corredor, seguido del perrito. Reglita y Juan Ernesto se sentaron a la mesa para desayunar.

—¿Y ese cachorro?

—Se lo regaló el profesor. Le dijo que como su padrino se iba, le dejaba al perrito para que lo cuidara. Él mismo le puso el nombre, se llama *Padrino*.

—Muy bien representado… definitivamente su padrino es un perro.

Reglita sonrió.

—Bueno, al menos me llevó unos papeles que firmamos los dos, como una especie de acuerdo que dice que él me traspasa *La Nube* a mí y a mi hijo. No sé qué tan válido sea eso, pero es lo más que pudo hacer. La culpa es mía porque no tengo papeles. Así que se lo agradezco.

—¿Él sabe algo de ti, sabe que eres cubana?

—Nada, nunca preguntó. Ni él ni nadie. Aquí no se meten en vida ajena.

Juan Ernesto dio un mordisco a la arepa.

—¡Mmm! me había olvidado de lo bien que cocinabas.

—¡Ah, no inventes, que allá en Cuba yo jamás preparé una arepa!

—Bueno, mujer, no te pongas brava, que yo lo único que estoy diciendo es que están ricas, nada más…

Ella apoyó los codos en la mesa y, con la barbilla reposando sobre sus manos, se le quedó mirando.

—Es tan raro verte aquí que me parece estar soñando.

—Ve despertándote porque dentro de una hora nos vienen a buscar.

—¿Cómo que nos vienen a buscar? ¿La policía?

—¡No, chica! ¿Qué policía? Le pedí a Matías que me consiguiera a alguien que me viniera a buscar hoy en una camioneta y estuviera aquí a las nueve. Pero no me voy yo solo, nos vamos los tres a Caracas.

—¡No, Juan Ernesto, yo de aquí no me voy!

—Óyeme bien, Reglita, solo necesito que me regales tres días, uno para ir, uno para la diligencia y otro para regresar.

—¿Qué diligencia?

—Vamos a sacar tu cédula y tu pasaporte.

—¿Mi cédula y mi pasaporte? ¿A nombre de Irene Gómez?

—Gómez Ruiz. Vamos a ser primos por parte de madre.

—Hubiera preferido ser tu mujer…

Los dos rieron.

—Y después —continuó él—, vas a inscribir en el Registro a mi tocayo, que todavía no existe.

—Ahora sí que estoy soñando. ¿De verdad, Juan Ernesto, tú puedes conseguirme los papeles? Entonces, ¿al fin voy a ser libre de verdad?

—Sí, Reglita, vas a ser libre, eso te lo debo, y las deudas hay que pagarlas.

—¿Qué me debes?

—Mi libertad, porque fuiste tú la que logró sacarme de aquel horrible hospital psiquiátrico. Si no hubiera sido por ti, quién sabe dónde yo estaría ahora.

—No sé tú, pero yo estaría loca, en ese mismo hospital…

Reglita sonrió con los ojos nublados. Juan Ernesto le tomó la mano.

—Ahora me toca a mí. Reglita Valdés Quintana va a salir hoy mismo por esa puerta y no regresa. Dentro de tres días entrará en *La Nube* Irene Gómez Ruiz, venezolana, mayor de edad, de este domicilio, madre soltera de Juan Ernesto Gómez Ruiz, ambos ciudadanos de la República Bolivariana de Venezuela… Y si lo desea, inscrita en el Registro Electoral, para que pueda votar en las próximas elecciones.

Reglita escuchaba y miraba lejos, hacia afuera, a través de la puerta abierta.

—¿Y cuánto cuesta eso, Juan Ernesto?

—Reglita, la libertad no tiene precio.

Isadora

ｏｏｏ

ISADORA TENÍA APENAS DOS AÑOS cuando sus padres se divorciaron. Liliana quería irse a Miami donde vivía Ana Luisa, su única hermana, pero no tenía los medios económicos para cumplir su deseo. Era inútil planteárselo a Carlos Eduardo; decidió, mejor, hablar con sus suegros. Sabía que ellos sentían sobre los hombros el peso de la irresponsabilidad de su hijo. No se equivocó, en menos de tres meses madre e hija estaban instaladas en Miami.

Al poco tiempo de haber llegado, Liliana comenzó a salir con Jaime Guevara, un joven y exitoso empresario de El Salvador amigo de Richard, su cuñado, quien pronto se enamoró de Liliana y le ofreció matrimonio. Pocos meses después se casaron y se mudaron con la pequeña Isadora a San Francisco, donde él acababa de instalar una oficina.

Carlos Eduardo había olvidado por completo que tenía una hija. No así sus abuelos paternos, quienes mantenían contacto con Liliana y le enviaban una pensión mensual a su nieta, sin tomar en cuenta que la niña ya no llevaba el apellido Sosa sino el de su mamá. Tampoco lo consideraron cuando

Liliana se casó de nuevo. La pensión siguió llegando intacta para Isadora Duarte.

Una sola oportunidad tuvieron los abuelos de ver a Isadora. Fue cuando viajaron a California y decidieron pasar a visitar a su nieta en San Francisco. Entonces también conocieron a Jaime, el esposo de Liliana, a quien la niña llamaba papá. Isadora, de dieciséis años, se había convertido en una atractiva muchacha, portadora del encanto del padre y la esbelta figura de la madre. Su simpatía era tal que en ese único encuentro supo ganarse el afecto los abuelos, que desde entonces la llamaban por teléfono al menos dos veces al año, el día de su cumpleaños y la noche de Navidad. Carlos Eduardo, en cambio, jamás tuvo contacto con su hija. Para ella, no había otro padre que Jaime.

Desde chiquita, sentía pasión por la música, aprendió a tocar guitarra, tomaba clases de canto y danza. Cuando llegó el momento de entrar en la universidad, decidió estudiar música y educación. Una vez graduada, comenzó a trabajar en un preescolar. Para entonces vivía sola en un pequeño apartamento en Berkeley. No había sido muy afortunada en los amores, a pesar de que a sus treinta años lucía más atractiva que nunca.

A Isadora le encantaba la música latina y era la vocalista de un grupo llamado Sonlatino, en cuyo repertorio se incluían varias piezas venezolanas. Tocaban en festivales y de vez en cuando, en un local donde se presentaban bandas en vivo durante los fines de semana. Allí conoció a un músico cubano muy simpático que tocaba tambores y daba clases de percusión. La pasión entre ellos se extendió más allá de la música y luego de unos meses de haberse conocido se mudaron juntos. Como se querían bien, y por suerte ambos eran solteros, al año decidieron casarse.

—Isadora —le propuso él—, yo quisiera que celebráramos nuestro matrimonio en La Habana. Yo sé que es complicado…, pero es que allá están mi mamá, mi hermana, mis sobrinos…

—¿A ti te dejan entrar a Cuba aunque te hayas escapado?

—Bueno… ese es un tema incomprensible, como todo lo que tiene que ver con ese país. La razón que me permite entrar en Cuba es el hecho de tener un pasaporte americano. Pero sucede algo insólito: ese mismo pasaporte americano es la razón que me impide entrar legalmente en Cuba.

—¿Qué locura estás diciendo?

—Es una locura, pero es verdad. Yo soy cubano de nacimiento, escapé y ahora tengo ciudadanía norteamericana. Yo no tendría problema en viajar a Cuba porque la entrada de yanquis al país no está prohibida por el gobierno. Aunque los odien, los dejan entrar porque saben que llevan dólares. En cambio, el gobierno de los Estados Unidos sí tiene prohibido a sus ciudadanos viajar a Cuba. Por eso, para poder ir allá tienes que hacer una trampa en la que el gobierno cubano participa: no te sellan el pasaporte a la entrada ni a la salida. Tienes que salir de los Estados Unidos hacia algún otro destino, México, por ejemplo, y de allí vuelas a Cuba, pero esto no se registra.

—Entonces, viajaremos a México y nos casaremos en Cuba…

—Sí, solo por la iglesia, porque por el civil tiene que ser aquí en San Francisco, para que estemos legales.

—¿Pero en Cuba no están prohibidas las iglesias?

—Estaban. Ahora el gobierno simplemente las ignora. Ya la religión no representa ninguna amenaza.

—Entonces, ese matrimonio no tiene validez allá.

—Para ellos no, solo para nosotros.

—Es como un teatro.

—Isadora, en Cuba todo es un teatro.

En La Habana

ENRIQUE Y MARÍA ELENA llegaron a La Habana a las 3 de la tarde en el vuelo de Cubana de Aviación. A la salida de inmigración, entre el gentío que esperaba a los pasajeros, reconocieron sus nombres en un cartel que parecía flotar sobre el mar de cabezas. Se acercaron al hombre de la guayabera amarilla que lo sostenía.

—¿Tú eres Julián, verdad?

—¡Sí, hola! —respondió, dándole una palmada en el hombro a Enrique y un beso a María Elena, quien miró de reojo a su sorprendido marido—. Frank me llamó para que viniera a buscarlos y los llevara al hotel.

Frank Andersson era un amigo de Enrique que vivía en Caracas pero tenía negocios en Cuba.

—Yo le manejo cada vez que él viene a La Habana —continuó Julián—, claro que no digo nada, porque eso está prohibido, a menos de que uno sea chofer de taxi.

Enrique y María Elena lo siguieron hasta el estacionamiento. Cada uno rodaba su maleta. Hacía mucho calor, el cielo estaba azul y el sol brillaba. Julián se paró frente a un *Moskovi* blanco destartalado, abrió la puerta y a manera de disculpa, dijo:

—Me iban a prestar uno, el que uso cuando Frank viene, pero al fin no lo conseguí.

Metieron las maletas en el baúl y se montaron. El piso sin alfombras, los cables pelados, la tapicería rota. No había aire acondicionado.

—Este lo voy a arreglar… poco a poco, para no llamar la atención.

—¿Este carro es tuyo? —preguntó Enrique.

—Sí. Bueno no. Está a mi nombre, pero yo no lo puedo vender.

—¿Por qué?

—Porque es del Estado. Aquí nada se puede vender.

—Pero… entonces ¿cómo haces para comprar un carro?

—A ver… cómo te lo explico… hay que buscar una oportunidad. Por ejemplo, Vicky y yo queríamos un carro. Entonces el cuento es así: una tía de Vicky enviudó y el marido le dejó un carro en herencia, pero la señora no sabía manejar y ya estaba muy vieja para sacar la licencia de conducción. Ahí llegó nuestra oportunidad de comprar el carro. Para eso, Vicky y yo teníamos que divorciarnos para que yo pudiera casarme con la tía; luego la tía y yo nos divorciamos para que ella me dejara el carro como bien del matrimonio; por supuesto que yo le pagué a ella por debajo de cuerdas. Ya con el carro a mi nombre, Vicky y yo nos volvimos a casar y ahora tenemos carro.

—¿Y eso lo hace todo el mundo?

—Sí, porque aquí en Cuba sólo hay dos formas legales para que un bien pase de una persona a otra: a través del matrimonio o de la herencia.

—¿Tú me estás hablando en serio, Julián? Entonces habrá muchísimos divorcios…

—Muchos, muchos. Mis padres se han divorciado dos veces, la primera para comprar una casa, porque ellos desde que se casaron vivían con mis abuelos, y la segunda para cambiar de casa. Se casan, se divorcian, se casan, se divorcian.

—¿Y tu papá tenía que mudarse con la nueva esposa? —preguntó María Elena.

—No, qué va. Mi papá se queda en su casa con mamá. Es solamente por cuestión de papeles.

—¿Eso lo saben las autoridades?

—¡Claro! pero se hacen la vista gorda. Ellos saben que uno tiene que inventarse de alguna forma…

A lo largo de la carretera, la frondosa vegetación mostraba sus inconfundibles aires tropicales. Enrique comentó con sorpresa el buen estado del asfalto, a lo que Julián respondió que eso se lo agradecían a los venezolanos. Llegando a la ciudad, María Elena preguntó si antes de ir al hotel podían dar una vuelta por La Habana. Julián, con mucho gusto, dijo que sí y enrumbó el carro hacia La Quinta Avenida. Los visitantes escaneaban todo con sus miradas. No esperaban encontrar casas tan lujosas en aquel lugar.

—¿Oye, Julián, en estas casas viven familias? —preguntó María Elena.

—No, estas casas son más que todo de extranjeros, diplomáticos y de corporaciones que tienen negocios. Miren, allí está la Embajada de Venezuela, más allá la de Rusia.

Luego, Julián los llevó a ver la Plaza de la Revolución y el imponente retrato del *Che* que cubre la fachada del edificio del Ministerio del Interior. Comparado con Caracas, en La Habana había muy pocos carros y muchos de ellos eran modelos americanos de antes de la Revolución. Enrique los admiraba encantado.

—Son los carros americanos —alardeó Julián.

—¡Qué belleza! ¡Qué bien cuidados los tienen! ¿Cómo hacen para conseguir los repuestos?

—No los consiguen, los inventan. Aquí el que tiene uno de esos es como si tuviera una fortuna. Esos carros sí son de ellos, no del Estado, y sus dueños los cuidan. Algunos los arreglan y los venden muy caros.

—¿A quién?

—A corporaciones que los restauran y los alquilan a turistas.

—¿De quién son las corporaciones?

—Todas las corporaciones son parte del gobierno y parte de extranjeros.

Curiosa, María Elena le preguntó a Julián por su familia. Le contó que era casado y tenía dos hijos, un varón de seis años y una niña de dos. Que ganaba un sueldo inferior a los veinte dólares mensuales, y con eso no se come, y menos se mantiene a una familia de cuatro. Y, como todos los habitantes de la isla, tenía que «inventarse algo» para sobrevivir.

—¿Cómo es el tema de la vivienda? —preguntó Enrique—. En Caracas se especula mucho sobre esto. Se dice que en Cuba el gobierno es el que decide dónde uno va a vivir. ¿Eso es verdad?

—Lo de la vivienda es difícil. Cuando Vicky y yo nos casamos, vivimos en casa de mis suegros durante dos años porque no nos habían adjudicado casa. Después se murió la tía viuda de Vicky (la misma con la que yo me había casado para lo del carro) y le dejó la casita a ella en herencia.

—¡O sea, que tú te quedaste viudo! —bromeó Enrique.

—Algo así —rió Julián—. Pero ya yo estaba casado otra vez con Vicky. Al fin teníamos casa, el problema era que estaba muy lejos de toda su familia y claro, no la podía vender.

—¿Ni siquiera si la ha heredado?

—No, la casa queda registrada a tu nombre y es tuya solamente mientras tú la vives. Pero si te vas de la casa, la recupera el Estado y se la da a otro.

Les contó que lo único que podía hacer Vicky era «permutar» la casa por otra y registrar los papeles del cambio. Eso hicieron, pero en la permuta les tocó un apartamento en un edificio donde viven varios militares y allí Julián se sentía constantemente vigilado por los vecinos. Cualquier gasto que se saliera de las posibilidades que le permite el sueldo, podía convertirlo en sospechoso y ser reportado al Comité de Defensa de la Revolución de su cuadra.

—¿Cómo que de tu cuadra?

—Sí, por cada cuadra hay un CDR. Si el vecino ve que arreglé mi carro… ¡Ajá!, ¿y de dónde sacó Julián el dinero para arreglar su carro? El sueldo del Estado no da para eso… Entonces investigan. Podrían descubrir que estoy manejándole a un extranjero que me paga en dólares, ¡ y ya!, si quieren me meten preso.

No solo Julián debía andarse con cuidado, también Vicky, y hasta sus hijos. Contó que unos días atrás había llevado un pote vacío a la Heladería Copelia para que se lo llenaran de helado y llegó a casa con la sorpresa para sus niños. Pero tuvo que esconderlo porque allí estaba un amiguito de su hijo de seis años.

—¡Claro, eso es un lujo!, lo escondieron para no compartirlo… —comentó Enrique.

—No, no, lo escondimos porque si ese niño le cuenta a su mamá que en nuestra casa había visto un pote grande de helado, ella podía reportar al CDR que donde Julián estaban haciendo gastos sospechosos.

A María Elena se le hizo un nudo en la garganta.

Regresaron a la Quinta Avenida y cuando llegaron al final, apareció el mar en toda su inmensidad.

—Este es el famoso Malecón —dijo Julián.

La avenida corría a todo lo largo de una muralla de piedras

que recibía sin descanso el golpe de las olas. El gran bulevar continuaba al lado del mar hasta que se perdía de vista. Gentes de todas las edades disfrutaban de aquel lugar. Algunos pescaban, otros conversaban sentados en el muro, unos más atrevidos saltaban al agua. Se veían grupos de músicos, gente bailando, parejas de enamorados, niños volando papagayos, vendedores de frutas. Turistas y cubanos se mezclaban como iguales. Julián sonreía.

—En el Malecón está la vida de La Habana.

Pasaron frente al enorme edificio del Hotel Meliá Cohíba, una moderna torre de vidrio que parecía pertenecer a cualquier ciudad del mundo menos a La Habana, donde casi todas las construcciones son anteriores a 1959 y sus paredes han resistido cincuenta años de erosión, dándole un carácter de reliquia a toda la ciudad.

—Ese edifico que ven allá enfrente —señaló Julián— es un *shopping*, una tienda en CUCs.

—¿Qué es eso de CUCs?

—Es la moneda con la que se paga todo aquí. Se llama CUC, que significa cambio único cubano, también lo llamamos *chavito*. Vale lo mismo que el dólar americano, pero el gobierno lo cambia a 0,80.

—¿Y el peso?

—No, el peso es solo para los cubanos. Es con lo que nos pagan el sueldo y solamente sirve para comprar la comida en las bodegas.

—¿Y cualquiera puede entrar en las tiendas de CUCs?

—Si tiene CUCs sí, pero casi nadie tiene, solo las personas que reciben remesa del exterior y cambian los dólares que les mandan por CUCs.

—¿Y los turistas?

—Por supuesto, los turistas, sí. Cambian sus dólares y pueden ir a los hoteles, a los paladares, a los *shows*, a los restaurantes y pueden comprar todo lo que quieran. Para nosotros es diferente. El Estado sabe cuánto gana cada quien porque él es quien paga todos los sueldos.

—Entonces, ¿todo lo que tú compras está vigilado por el Estado? —preguntó María Elena.

—Todo. Mira —se sacó algo del bolsillo de su camisa—, esta es mi libreta. Aquí está la lista por mes de lo que mi familia puede comprar en la bodega, por producto y por cantidad.

—¿Y si no hay algún producto?

—Nada, si no hay, no hay. Lo que más escasea es el jabón, el champú, la pasta de dientes. Y lo peor, el papel de baño.

—¿Y qué hacen? —preguntaron a coro Enrique y María Elena.

—Pues usamos periódicos. El *Granma* lo cortamos en cuadritos y antes de usarlo, lo arrugamos para que se suavice.

—¡No, Julián, no me jodas! —comentó riéndose Enrique.

—Ojalá estuviera jodiendo. ¿Sabes lo que me mandó Frank en esa caja que me trajiste? Champú, jabón y pasta de dientes. El papel no se lo pedí porque el paquete es muy grande.

Enrique pidió que le enseñara una bodega. Julián giró el volante y cambiaron de rumbo hacia una de las zonas residenciales populares. Allí el estado de las casas era lamentable, con las paredes deterioradas y la pintura roída. La ropa que colgaba de los balcones estaba igualmente desgastada. Se podía ver uno que otro personaje sentado en la entrada de una casa, asomado en un balcón, apostado en la acera, recostado de una pared, todos mirando al vacío, inexpresivos, como esperando que algo pasara, aunque fuera el tiempo.

—Miren, allá está una bodega. Esa es la de las casas de por aquí.

—¿Cómo? ¿Y tú no puedes comprar aquí?

—No, a mí me toca otra, cerca de mi apartamento.

—Párate aquí, Julián, que queremos entrar.

—Esperen, los dejo más adelante y ustedes vienen caminando. Yo los espero dentro del carro, en la otra cuadra al cruzar. No quiero que me vean.

María Elena y Enrique se bajaron y caminaron hacia la casa de la esquina. Había un letrero pintado en la descamada pared que decía «Supermercado». El local se reducía a un pequeño cuarto. Detrás del largo mesón, un hombre atendía a la única consumidora, a quien le despachaba una medida de arroz. Al fondo, dos grandes afiches, uno con la cara de Fidel y otro con la del *Che*. A la derecha colgaba una pizarra con la lista de los productos del mes. Escrito en tiza, se especificaba el cupo que correspondía a cada persona o grupo familiar y el precio del artículo, seguido de las palabras: sí hay o no hay. La leche está prohibida para mayores de siete años y menores de setenta. El cupo mensual por persona es de diez huevos, un muslo de pollo y una pastilla de jabón. Un mes el jabón es para bañarse, al siguiente es para lavar ropa.

Volvieron al carro horrorizados.

—¡Julián, en esa bodega no hay nada!, lo que hay son unas botellitas plásticas llenas hasta la mitad, una de azúcar, otra de garbanzos, otra de arroz. Y abajo dice: tantos pesos. ¿No hay paquetes?

—No, porque te venden la cantidad. Cuando tú vas a comprar en una bodega tienes que llevar una bolsita para que te echen el azúcar, otra para que te echen la sal y otra para que te echen el arroz. ¡Ah!, y una botellita de vidrio para el aceite. Tienes que ir guardando todas esas cosas. Uno nunca sale a la calle sin una bolsa, porque de momento tú pasas y compras algo, y tienes que dejarlo porque no tienes en qué echarlo.

—No, Julián, tú me estás jodiendo…

—¡Que no, que eso es así!

—¿Cómo hacen para conseguir todo lo demás que necesitan?

Julián se ríe.

—Del invento. Robar en Cuba es algo como que legal. Cada quien roba lo que puede de su centro de trabajo y lo vende en CUCs fuera en el barrio. Como todo es del Estado, todo el mundo roba, porque robar al Estado no es robar.

Regresaron al Malecón para retomar la vía hacia el hotel. Al lado izquierdo el mar continuaba incansable, salpicando a turistas y locales que paseaban por las caminerías del gran muro de piedras. La gente lucía alegre y despreocupada.

—¿Ven esa estatua que está allí a la derecha? —preguntó Julián señalando la figura de un hombre con un niño en los brazos—. Ése es José Martí con el niño Elián.

—¿El niño aquel que devolvieron de Miami?

—Sí. Está Martí cargándolo y tiene el brazo extendido apuntando con el dedo hacia donde queda Miami.

Un poco más adelante sobresalía majestuoso un bello edificio montado en lo alto de una colina.

—¿Y eso allá tan bonito?

—Es el Hotel Nacional, a donde ustedes van.

El imponente edificio *art decó*, ícono de La Habana, lucía impecable, como si estuviese protegido por una cúpula invisible, incontaminado, ajeno a aquel entorno que parecía devorar todo lo que recordara que alguna vez la ciudad había vivido una época de esplendor.

—¡Guao, qué belleza!

—Sí, es bonito. Y lujoso. Allí se han quedado personas muy famosas de todas partes del mundo, presidentes, escritores, artistas de cine, cantantes... Les va a gustar. Por la tarde, pueden ir a la terraza frente al Malecón y allí se toman un mojito.

El Hotel Nacional los esperaba arriba, escoltado por dos filas de ordenadas palmeras que, como soldados, recibían a los huéspedes en el jardín de la entrada hasta conducirlos a la puerta del edificio. Estacionaron a un lado y los tres descendieron del carro. Enrique y María Elena observaban encantados la bella fachada mientras Julián sacaba las maletas del baúl. Agradecidos, se despidieron; rodeados por las imponentes columnas de la entrada, atravesaron el arco y subieron las escalinatas.

En el gran corredor, frente al mural de azulejos que adorna la recepción, un animado grupo de personas esperaba a que le asignaran sus habitaciones. No fue difícil para María Elena reconocer a la atractiva mujer del vestido de flores.

—¡Liliana!

Las dos primas se abrazaron. Hacía casi treinta años que no se veían.

La boda

⁓⁓

LOS NOVIOS POSABAN AL FONDO DE LA TERRAZA del Hotel Nacional que se proyectaba desde lo alto sobre el Malecón, ofreciendo una magnífica vista. El fotógrafo dirigía a la bella pareja, que engalanados, ella de blanco y él de gris, parecían artistas de cine. María Elena y Enrique los miraban desde una de las mesas mientras disfrutaban de un legendario mojito.

—Isadora es muy bonita. Me recuerda mucho a Liliana el día de su matrimonio —comentó María Elena.

Enrique arrugó el ceño y se rio.

—Yo, en cambio, no puedo imaginar dos matrimonios más diferentes…

El fotógrafo ahora trataba de acomodar el nutrido grupo familiar. Al lado de la novia estaban Liliana y Jaime; la abuela Cecilia; su tíos, Ana Luisa y Richard; los dos primos con sus respectivas esposas y sus cuatro sobrinitos. Del lado del novio: la mamá, el padrastro, su hermana Diana con el esposo y el par de sobrinos gemelos.

Finalizada la sesión de fotos, el maestro de ceremonias los

escoltó hasta el salón de festejos donde unos ochenta invitados esperaban sentados en mesas vestidas y bellamente decoradas con flores naturales.

La orquesta recibió a los novios, que abrieron la fiesta bailando un vals, y luego de los aplausos, llegaron las copas de champaña, las palabras, el brindis, el beso y los abrazos de felicitación.

Los nuevos esposos fueron conducidos entonces a la mesa destinada para ellos al lado de la orquesta, mientras cada uno de los invitados buscaba su lugar en alguna de las otras que se encontraban repartidas en el gran Salón Vedado. Se sirvió la cena y al terminar, las mujeres solteras se reunieron alrededor del pastel para jalar las cintas y sortear el dije. Luego, a dos manos, los novios picaron la torta y los mesoneros la repartieron entre los asistentes.

A continuación, los músicos ocuparon su lugar en el escenario, pero, para sorpresa de los invitados, fue Isadora la que tomó el micrófono.

—Para ti, Rubén, con todo mi amor —dijo emocionada, y tras dedicarle la canción, interpretó su bolero favorito.

Los efusivos aplausos de la concurrencia llenaron la sala. Los ánimos estaban encendidos y todos listos para bailar, pero antes, Diana subió al escenario y pidió el micrófono para decir unas palabras.

—No hay duda de que este matrimonio nos ha dado a muchos la oportunidad del reencuentro… Es un privilegio haber podido reunir en La Habana a este nutrido grupo. Familiares y amigos de Isadora, algunos desde San Francisco, otros desde Miami, y hasta de Venezuela, han venido a celebrar esta unión junto a los familiares y amigos cubanos de mi hermano Rubén. Nosotros nos sentimos muy honrados y damos la bienvenida a todos los ilustres visitantes que nos acompañan.

—Diana dejó correr los aplausos antes de continuar—. Pero hay alguien más a quien quisiera dar la bienvenida esta noche, un amigo muy querido que ha llegado especialmente desde Caracas para darle un abrazo a Rubén en el día de su matrimonio.

Un hombre vestido con una impecable guayabera blanca subió a la tarima y le dio un beso a Diana en la mejilla.

—Para quienes todavía no tienen el gusto de conocerlo: Juan Ernesto Alonso Ruiz. ¡Bienvenido!

Con evidente emoción Rubén fue al encuentro de su amigo.

—¡Juan Ernesto! ¡Hombre, qué sorpresa, qué alegría verte! ¿Cuánto tiempo?

—Quince años. La última vez que nos vimos fue cuando te llevé la brújula, el día que te fuiste… —se miraron sonrientes—. ¡Felicitaciones, Rubén!

Se dieron un fuerte y largo abrazo.

—La brújula funcionó perfectamente —apuntó Rubén.

—Sí, me enteré por Diana un par de días después.

Cruzaron una mirada cómplice y en un instante recordaron tanto que prefirieron olvidarlo de nuevo.

—Ven para que conozcas a Isadora. Pero mucho cuidado con piropos, Juan Ernesto, mira que lo que ella tiene de bonita, lo tengo yo de celoso…

Ambos rieron. Caminaban abrazados. Isadora lo recibió con una gran sonrisa.

—¡El famoso Juan Ernesto! —exclamó—, nunca imaginé que te iba a conocer. Para mí eras un mito. Entonces, tú vives en Caracas, ¿no? Ven, quiero que conozcas a unos primos de mi mamá que también vinieron desde allá para acompañarnos esta noche.

Sin dar crédito a sus ojos, María Elena y Enrique vieron a Juan Ernesto llegar a su mesa de la mano de la novia.

—¿Es verdad, o estoy soñando que estamos en La Habana? —murmuró María Elena.

—¡Estamos! —contestó Juan Ernesto sonriendo.

Isadora, sorprendida, preguntó:

—Ah, ¿ya se conocen?

—No, a este no —respondió María Elena—, yo conozco un Juan Ernesto que está en Caracas.

—Óyeme, tú, María Elena, que a mí también me invitaron a este matrimonio. Rubén es mi amigo desde que éramos niños. Lo ayudé a fabricar la balsa y no lo volví a ver desde que escapó. Dos años después me fui yo a Venezuela. Y ahora, hace apenas unos días, me escribe Diana un correo donde me dice que Rubén viene a Cuba para casarse. Nunca imaginé que la novia era la hija de tu prima Liliana.

Enrique y María Elena no salían de su asombro, mientras Juan Ernesto, cual director de teatro, disfrutaba el privilegio del que conoce la obra completa y dosifica sus secretos para sorprender al espectador.

La música se apoderó de la noche. Al fondo, el cantante de la orquesta imitaba la voz de Pedro Navaja. En la pista, los invitados bailaban. Era un placer ver a los cubanos vibrar al ritmo de la música que parecía formar parte de su esencia. Como marionetas, se movían con gracia infinita, como si una mano experta dirigiese cada articulación de su cuerpo con hilos invisibles. Muy diferente era el bailar de los extranjeros, que balanceaban sus cuerpos de un lado al otro si ton ni son.

También se distinguían unos de otros por su manera de vestir. Todos los hombres visitantes llevaban *flux* y las mujeres lucían elegantes trajes de noche. En cambio, los atuendos cubanos eran diferentes, individuales, sin fórmula ni protocolo. No estaban acostumbrados a galas. Ninguno de ellos había asistido jamás a una fiesta con tanto lujo. Menos aún, ninguno de ellos hubiera soñado con ir a una recepción en el Salón Vedado del Hotel Nacional. Aquella noche, Rubén les daba un gran regalo a sus hermanos cubanos, que conscientes del privilegio, agradecían y disfrutaban cada instante de ese sueño inolvidable.

El regreso

AL DÍA SIGUIENTE, ENRIQUE Y MARÍA ELENA se encontraron con Juan Ernesto en el aeropuerto José Martí. Juntos chequearon sus maletas en el mostrador de Cubana de Aviación. Les asignaron tres asientos contiguos. Fueron los últimos en abordar. El avión iba completamente lleno. La mayoría era gente de las Misiones.

Despegaron.

—Unos cuantos de los cubanos que van en este vuelo no volverán a Cuba —pronosticó Juan Ernesto.

Enrique se estremeció al escuchar el comentario.

—Yo entiendo que tres días no son suficientes para conocer un país —dijo—, pero esta visita a Cuba me tiene bastante desconcertado. Los contrastes son impresionantes.

—Te entiendo. Yo mismo estoy desconcertado. Puedo asegurarte que en los treinta y un años que viví en Cuba nunca estuve en un matrimonio como ese. Allá las fiestas no pasan de una reunioncita en tu casa, con unas pocas botellas de ron o cerveza. La comida: un puerco con congrí que preparan la mamá, la abuela o las tías. ¿Una orquesta? ¿quién tiene para pagarle a una orquesta? Allí se monta un CD y con eso se baila toda la noche. Claro, la cosa cambia si se trata de la hija de un general, pero de eso uno ni se entera.

—Yo tampoco me esperaba algo así —dijo María Elena—. Hubiera jurado que en Cuba era imposible una fiesta privada como esa.

—En Cuba todo es posible para los extranjeros con dólares —explicó Juan Ernesto—, aunque los extranjeros sean excubanos.

—Quién entiende… —comentó Enrique.

—Los cubanos que viven en Cuba entienden cualquier cosa porque nunca se cuestionan nada. No saben que existen los signos de interrogación. Son protagonistas de una obra del teatro del absurdo. Como Winnie en *Los días felices* de Samuel Beckett, una mujer que vive en un desierto horriblemente caliente y está enterrada hasta el pecho, solo puede mover los brazos y la cabeza. Pero ella ha decidido que su vida es feliz y para convencerse de eso, se pasa los días de buen humor y habla sin parar agradeciendo el más mínimo detalle que la haga sentir que está viva…

Juan Ernesto se asomó por la ventanilla y se quedó mirando cómo se alejaban de la isla.

—En La Habana, el horizonte se acaba en el Malecón… y el mar es un espejismo —murmuró como para sí. Luego cerró los ojos y recostó la cabeza hacia atrás.

Permanecieron un rato en silencio. María Elena pensó que Juan Ernesto recordaba viejos tiempos.

—Me hubiera gustado conocer a Reglita —le dijo—. ¿Tú la viste?

—No. Ella ya no está en Cuba.

—¿No? ¿Dónde está?

—Me dijeron que se casó con un médico y los mandaron juntos de misión a El Salvador —mintió.

—¡Ah, entonces se acabó!
—¿Qué se acabó?
—Lo de ustedes…
—¡Pero niña, si eso se acabó en el año 93! Reglita es pasado.
—¿Seguro?
—Absolutamente. Reglita Valdés ya no existe.

Nota del autor

Pocos días antes de que mi tío Tomás Sanabria nos dejara, fui a su casa a verlo. Ya no recibía visitas, pero me dejó pasar a su cuarto solo por breves minutos. Yo recién llegaba de una excursión que había hecho con mi esposo en las montañas de los Andes venezolanos, de Santa María de Canaguá en Barinas, al Páramo Gavidia en Mérida. Le describí con tanta emoción aquella experiencia, las extraordinarias familias que nos alojaron en sus casas y los insólitos parajes que vimos, que mi tío me pidió: «Prométeme que vas a escribir sobre esto». Se lo prometí. Fue la última vez que lo vi, la última vez que hablé con él. Murió cinco días después.

En junio del año siguiente mi esposo y yo viajamos a La Habana, y de nuevo en diciembre del mismo año. Al regresar a Caracas narré con gran emoción mis experiencias a algunos amigos cubanos radicados en esta tierra y escuché de ellos muchas historias. Me pidieron: «escribe sobre esto». Se lo prometí.